一起旅行好嗎 分手後，

林明亞 著
Ooi Choon Liang 繪

目錄

第一日

戀愛是無條件的，分手亦然

我的第一個念頭，這是詐騙集團。

我不是個好運的人。

從出生到目前大學四年級始終如一。發票從沒中過，玩線上遊戲沒打過寶，廟裡抽籤沒拿過吉，班上交換禮物最北爛的永遠是我的，就連喝舒跑或吃冰棒都沒開過「再來一罐」或「再來一根」。總之，好運與我無緣。

久而久之，我會避免參與由運氣控制的活動，連發票都直接扔掉，沒有期待自然就沒有失望，這些年，我也過得挺好。

只是，此刻，我收到一份大禮。

莫名其妙。

深紅色的底，燙了金邊，外表高貴的信封就躺在前方的茶几上。對比整間簡陋的學生宿舍，真的相當突兀，好像周圍的床、書櫃、二手電腦、小冰箱，全部加起來都不如這封信值錢。

我用最舒適的姿勢，背靠在床邊，以失去焦距的雙眼凝視著信，或者是說凝視著過去的回憶。片刻之後，終於想起來似乎真有這檔事。

幾個月前，大學畢業旅行，我和前女友一起替旅行社填的問卷，沒想到隔了這麼久才有回音。

嗯，就是我和她分手之後這麼久。

我開始焦慮。

習慣性玩起手邊的益智玩具，四個鐵圈外加四條繩索組在一塊，可以利用技巧拆解開來，能夠訓練腦袋的空間思維——更重要的是，可以讓我暫時不去想這封信。

暫時，也不過是五分鐘。

我平時最喜歡的玩具，此時失去讓我冷靜的效果。

特地去洗個澡，宛若進行聖禮前的淨身沐浴儀式，讓冷水強制壓下高升的體溫。

當我從廁所出來，還是分不出，結在瀏海的水珠，究竟是自來水還是我的汗水。

拿了浴巾圍住腰，將電風扇開至最強，我感覺吹在身上的風一點降溫效果都沒有，這代表我的體溫比酷暑的室內溫度還高，渾身的燥熱沒退。

還是很焦慮，洗冷水澡一點用都沒有。

坐回床與茶几之間的一點空間，擦擦溼潤的雙手，再度打開燙金邊的信封。

內容沒變，證明並非妄想。

我的好運，或者說是另一種角度的厄運，並非虛構而是現實。我們抽到大獎，沖繩自由行七天六夜的機票和五星級海景套房飯店，整個旅程的正式名稱叫做「沖繩愛戀之島情侶實習蜜月之旅」。

蜜月旅行是夫妻之間的事，情侶去玩就是一般的旅行而已，旅行社還給予「實習」兩個字，試圖為欺騙熱戀期中的盲目男女朋友，添加一點準夫妻的美好粉色泡泡，讓受害者乖乖掏錢。

我不會被騙，即便是免費的也一樣。

信封內的邀請卡，看得出來花了不少心思製作，但我懶得看它的巧思與細節，直接找到旅行社的聯絡電話，二話不說就打電話過去問。

立刻，我的焦慮得到舒緩。

「您好，我們這裡是『心想事成』旅行社，敝姓陳，很高興為您服務。」電話的另一端是語氣親切的女人。

害我的口氣也跟著親切起來，禮貌地問：「妳好，我想請問一下，最近你們是不是有填問卷參加摸彩抽獎的活動，因為我很無辜地抽到沖繩七天六夜的機加酒，想問問怎麼回事。」

「是沖繩愛戀之島情侶實習蜜月之旅嗎？」完整念出這段實在厲害，雖不知道她臉有沒有紅，但至少氣不喘。

「沒錯。」

「先生，恭喜你喔。」

「謝謝。不對……我是想問說，能不能退呢？」

「為什麼呢？這套旅程可是相當珍貴，先不說來回都是搭乘商務艙，光是五星級飯店的海景套房就很難得。另外我們還提供免費的租賃轎車服務，這七天您完全想去哪玩就去哪玩，加上沖繩當地美好的環境和浪漫的景致，保證您和女友感情更上一層樓……對了，結婚後的蜜月旅行也請務必找我們……」

「等等。」我阻止她的滔滔不絕，「我是想問能不能退，甚至，能不能折現？」

「這次成立週年的摸彩活動，主要是回饋支持我們的旅客，順便達到宣傳的效果，沒辦法換成現金，很抱歉。」

緊接著，她又解釋了一大堆。

我雖然從頭到尾都用敷衍的「嗯」帶過，不過她說的話我確實有聽進去，只要去蕪存菁，就能夠很清楚地知道，這次活動是旅行社的宣傳策略，就如同賣藥的廣告，總要幾位親身使用的患者來誇大藥效，而他們先用抽獎當噱頭吸引人氣，再要得獎者玩完後義務接受訪談和繳交遊記當宣傳，一頭牛剝兩層皮，厲害。

所以，我只有放棄得獎，抑或是乖乖去玩一趟，沒其他路可以挑了。

其實也不能怪旅行社。

本來，一旦碰到有關「她」的事，我便沒得選擇。

電話另一邊的旅行社業務還在告訴我沖繩七天六夜有多好玩多精采，我卻有氣無力沒辦法聽下去，用了個一聽就是藉口的藉口掛掉電話，呈大字型躺在只要多一個人就會很擠的單人床。

我得打一通電話給她，縱使我很不想。

人與人之間的關係，不管有多堅定、多親密、多長久，只要經過「分手」的煉化，都會被燒成由煙和灰構成霧，最後消散於空氣中，彷彿從一開始就不存在。

我不信有人可以和平分手。

真的不信，一定是騙人的。

「喂，是桑亞嗎？」

然而，我還是不知死活撥出那串早就從手機通訊錄刪除、卻深刻印在腦海裡的號碼。

「你是誰？」

「我是柏泓。」

「柏泓？」

「嗯。」

「給老娘去死啦！」

通話結束。

我剛剛是不是說過，和平分手都是騙人的。

②

這就是和同系同學交往的悲哀。

我們大四，課很少，卻依然在助教的辦公室旁意外見面，這是多不幸的概率？

一點都不想提起前幾天的電話，假裝不存在就好，不要去想什麼沖繩七天六夜的度假，反而能平平安安畢業。距離暑假剩沒多久，再忍忍就會過去了。

原本打算當作沒看到她，趕緊跟助教拿完資料就快閃離開，但她的怪模怪樣還是讓我的視線多停留了一秒，隨即就被抓到。

「十分鐘後，仁愛樓外的小徑等。」她冷冷丟下這句，就走進辦公室。

我沒拒絕的機會，更正確的說法是，我一向沒拒絕的機會。

連資料都沒拿，我拖著沉重的腳步下樓，自動自發走到約定的地點，滿腦子都還在想她的怪模怪樣。

沒讓我等太久，桑亞像是作賊一般四處張望地走來。

黑色的長髮夾了綠色的髮片，還有幾個形狀不一的髮夾；臉上我分不出是煙燻妝還是火災現場妝；脖子、耳垂、手腕戴滿數量足以發出叮噹聲響的飾品；黑色收腰的連身裙低胸到我的眼睛不知道該放哪，她的手也不自然地遮在胸前；更別說整條腿露出五分之四，再踩著細跟的高跟鞋，連她自己都渾身不自在。

簡直像是一棵等等要去夜店而不太習慣的聖誕樹。

她指了指左邊，要我到小徑外更隱密之處，連工友都懶得在這除草，任由野花、野草、野蚊自由生長的地方。

確保沒有人會經過，她稍稍自在一些，遮在胸前的手放下，莫名其妙的自信開始充斥。看來這段時間不見，她變了，變得更怪。

舉個例子來說，就我之前認識的桑亞，是不去夜店，比起夜店內混拌電音的伏特加萊姆，她更喜歡陪我聽五月天配臺灣啤酒。

我淺笑，說不上好或壞。

「最近，妳過得好嗎？」不知道為什麼，居然是我先開口問。

桑亞大概是有些意外，愣了一下，隨後開始神采飛揚，像以前一樣跟我報告，說自己過得多五彩繽紛，當然內容都跟我無關。

不過我還算喜歡看她說話的樣子，特別是我能透過她現在的臉，回憶她過去的模樣。

桑亞是雲南人，來臺北讀大學，短短幾年的時間，原本說話的腔調與用詞就被這座城市磨得差不多，不過她說話的速度還是偏快，自有一股獨特的韻味。

「我過得好到不能再好，逛一〇一被外國人搭訕，前陣子系上迎新還被大一學弟要了聯絡方式，甚至連在資工所打工賺零花都被碩三的學長邀約……哎呀，女人就是該多愛護自己，多交些朋友開闊視野嘛。」

「學長約妳去夜店？」我突然問。

「……夜店？」她頓了一秒鐘，隨即綻開一個古怪的笑，「喔喔，是啊，在臺灣讀大學，連夜店都沒去過怎麼行嘛。」

我點頭，同時發現她的笑容和以前一樣沒變。

桑亞從大一入學，就不是個會吸引眼球的女孩，因為她太樸實，有些怕生又不愛打扮化妝，導致沒人發現她未粉飾的臉蛋很立體，五官的比例恰到好處，整體樣貌和臺灣的女生不太一樣。

聽她說自己祖上有混到白族和彝族的血統，大概就是原因。

我很幸運，比學長或是學弟早些發現她獨特的美。

要不然依現在的她，我大概一點機會都沒有，頂多就是遠遠看著。

「總之，我現在可是人氣十足。」她揚聲道。

「我知道。」我不意外。

她卻一時語塞，好陣子沒再說出任何一句話，似乎在靜靜地觀察我說的是不是真話。

她大可不必懷疑，先不論她的外貌，光是她大剌剌不拘小節的個性，就會有很多男生喜歡了，人氣十足必然是事實，我又怎麼會不信。

「前幾天，為什麼打電話找我？」桑亞剛剛一直維持高揚的語調突然低了很多。

「因為我們中獎了。」我從斜背包拿出燙金邊的信封，希望她別問我為什麼會剛好帶在身上。

她接過去，打開信封拿出邀請卡，表情從原本的困惑，漸漸地張大眼睛。喜形於色的臉部很有戲，她向來就藏不住什麼祕密，喜歡、不喜歡、高興、不高興都寫在臉上，沒什麼心機。

看完邀請卡的正反兩面，她小心地收回信封內，大概是知道自己的欣喜太明顯，還輕咳兩聲整理一下表情。

「給妳，我先走了。」

我禮貌地點頭示意，轉身轉到一半，卻被桑亞揪住手臂。

「等等，你還沒問我要不要去吧？」

「我又不去，幹麼要問。」

「可是上面明明寫得很清楚，這算是贊助旅遊，得獎者要嘛去、要嘛放棄，沒有辦法轉讓或折抵現金的。」

「我放棄。」

「那我呢？」

對，我差點忘了，因為玩回來之後還要替旅行社當見證人，得義務推廣情侶在沖繩玩七天六夜的優點，所以限定一定要情侶一同前往才有說服力。

「我們分手了，無論如何都喪失資格。」

「為了大獎，我可以推掉很多邀約，擠出時間，和你一起演個戲啊。」

「別演這種戲，妳要多替學弟或學長想想。」

「你、你真的……算了！別把責任推給別人，是你不想去就說啊。」

「嗯，是我不想去。」

「那你賠償我！」

桑亞將手掌攤平擺在我的臉前撥呀撥，難道是在模仿搶匪的搞笑橋段？或是模擬搶匪遊戲？我竟然分不出她是不是在開玩笑。

就跟當初我們分手一樣，我到現在都還分不出是不是老天開了我們一個玩笑。

「前幾天妳才叫我去死，現在卻要演一場戲，就為了免費的旅遊？」

「我是聽同學說，臺灣有種習俗，一定要用最難聽的話臭罵自己前男友，才算結束這段舊感情。」

「臺灣沒有這種習俗！」

「啊，是我家鄉的習俗啦。」

「雲南也沒有這種習俗！」

「總之，該賠償我的還是得賠償我。」桑亞的手掌依然在撥呀撥。

萬萬沒想到，我平白無故被罵的事情就被一個「總之」給巧妙帶過去，如果我繼續緊咬著不放，反而顯得很小家子氣。

「好吧，要賠償多少？」

「一共是兩百五十萬。」她一點都不像在開玩笑。

「……請問這組數字是怎麼估算的？」

「這套行程的價值，還要加上我過度期待又過度失望，造成的心理創傷。」

原來是真的遇到搶匪了，我搖搖頭，不打算繼續陪她開玩笑，想離開這裡，到一個光亮沒有蚊子也沒有她的地方。

我已經被她搶過一次，不會再被搶第二次。

還記得當初分手，我惶惶不可終日的模樣，彷彿所擁有的一切都被奪走，沒有太陽、沒有食物、沒有空氣，又盲又餓又缺氧，昏昏沉沉像個植物人一般躺在床鋪，睡不著，或者說我分不出怎樣算是睡、怎樣算是失眠，處在中間的狀態，雙眼只是看著空無一物的天花板，來突顯失去她的我一無所有。

什麼都不在乎了，生活的目標僅僅是維持人體最低限度的需求，其餘都是躺在床上，直到一個月後臭到被隔壁的學姊發現，找了同一棟的男同學將我拖進浴室強力沖水，才讓我領悟到，這輩子不可以再接近桑亞。

不想連靈魂都被搶走，就不要再接近她。

「抱歉，我先走了。」

桑亞說笑中的笑容忽然凍結，我轉過頭離開，沒再去看她的唇，沒再去注意那抹曾經讓我神魂顛倒的弧變成怎樣。

愛情這種獨特的關係，就跟被覆蓋掉的電腦檔案一樣，坊間號稱有幾十種救援軟體可救，但實際上八成都沒有效果。

失去就失去了，除了習慣以外，束手無策。

我有沒有說過桑亞是個堅毅不拔的人？

她曾經為了提早修完必修科目，去拜託資料結構的教授多收她一個人，以大一生的姿態軟硬兼施，甚至還寫一份詳盡的讀書計畫，在教授晚上十點離開研究室的時候呈上，不管是參考書目、讀書時間、期中考期末考的準備規劃，都明明白白地寫出來。

姑且不論她會不會真的按讀書計畫去做，光是這顆好學的心就足以打動教授，破例超收一名大一生，最後也證明她很用功，不是說說而已。

這種堅毅不拔的精神當然是件好事。

可一旦用在我身上，就是毀天滅地的爛事。

因為她現在就站在我宿舍門外，非常禮貌地按著電鈴。

我躲到廁所去，打電話給旅行社，問問還有沒有任何辦法，讓桑亞可以去，我不用跟。

答案是沒有。

要嘛放棄，要嘛得獎者兩人一起去，沒得折衷，姿態好高。

我咬牙，乾脆就問這套旅程要多少錢，獲得的答案更讓我錯愕。

兩個人，十八萬；一個人，九萬……看來臺灣的治安很不好，短短兩天內連續遇到搶匪，難道總統不用下臺負責嗎？

是多豪華的自由行，七天六夜一個人要九萬？據我所知，這種等級的價格去歐美國家玩都夠了，更何況是離臺灣航程只要兩個小時的沖繩。

原本我估計要是兩、三萬的話，我可以送她去玩一趟，當作彼此的餞別禮，但九萬塊的話……在我買下這輩子最貴的物品之後，已經湊不出這筆錢了。

我站在廁所和房間門中央，發現桑亞按了三回電鈴後就沒任何動靜，在心裡瘋狂祈禱她會放棄，不過當我透過門的貓眼，看見有個和昨天截然不同的女生蹲在鞋櫃邊吃早餐，就再度想起桑亞堅毅不拔的精神。

我打開門，讓叼著吐司的她進來。

一個簡單又熟悉、至少做過一千次的動作，卻讓我膽顫心驚。

我開始害怕想起我們過去交往時的樣子。

也怕等等無法說服她。

「喏，早餐。」桑亞遞給我一個袋子，裡面是我習慣吃的火腿蛋和大冰紅。

「謝謝……」我沒接過。

她不以為意，放在茶几上，繼續吃著自己的烤巧克力吐司。

我坐在床上，坐立難安。

她坐在地板，怡然自得。

恢復原本簡單的寬鬆T恤和牛仔短褲，沒有飾品、沒有化妝、沒有髮片，她反而更加愜意，過肩的長髮梳在左邊脖子旁，遮住左鎖骨。

完全不能理解桑亞到底在想什麼，明明都已經分手這麼久了，為何她待在我的宿舍還能宛若過去一樣自然。

難道只有我不自在嗎？

「我想去。」桑亞冷不防就切入正題，並且輕鬆得跟說早安一樣。是句號，還不是問號，不過她的語氣不像過去……有點像是在拜託我，給我一個微妙的否決空間。

她吞完最後一口吐司，嘴角還有巧克力醬，咬著下唇，往後一仰，雙手撐在屁股兩邊，像是在伸展，拉緊頸、胸、腹、大腿整條曲線，仰頭對天花板長嘆。

「唉……我不知道為什麼你要因為過去的事，放棄眼前的好運。」

「妳別把過去的事講得像丟垃圾一樣簡單。」

「是你太複雜了，臺灣男人的通病……」

「全世界的男人都不會跟自己前女友去旅行的，好嗎？」

「你別管全世界，你只要管自己就好。」

「別說得那麼簡單。」

「真的很簡單。」桑亞恢復正常的坐姿，雙腿伸直貼平地面，舒適地說：「有免費的旅遊，我想去，如果你也想去就走，就這樣。到了沖繩，我們甚至可以各玩各的，反正回來之後由我撰寫觀光日誌來打發旅行社。」

我沒說話，只是打開放在茶几的塑膠袋，拿出火腿蛋狠狠咬了幾口，讓口腔內都是蛋、小黃瓜絲、吐司、火腿以便表達我無言的抗議。

整個四坪大的房間就只剩下我咀嚼的聲音。

她撫摸著屁股下的地毯，再殺我一個措手不及。

「對不起。」

「……為什麼？」

「當初分手，是我太自私了。」

「妳為了要出去玩，已經連拉下臉都沒關係嗎？」

「在你面前，我都全裸過幾回了，何況只是拉下臉。」

「喂，妳別！」

「好啦、好啦。」桑亞笑了起來，是一個滿分且讓我進退失據的笑容，「我就愛看你臉紅的模樣。」

「神經病。」我撇過臉。

「就當我拜託你，借我七天吧。」

「不借。」

「你就當作是跟朋友出去玩，或者是當作第二次畢業旅行。」

「休想咒我延畢。」

半晌，她都沒說話，逕自用指甲摳著茶几的邊，一般人會以為她大概是用掉所有藉口、已經準備放棄，但我知道放棄這個詞跟桑亞絕對扯不上一點關係。她的寧靜，是用來思索怎麼突破困境。

我不能鬆懈，一定得預先準備好對策，推論出她可能提出的說法，然後一一反駁，杜絕任何被說服的可能。

「如果旅行社說，我不去也能成行，妳會去沖繩嗎？」

「會，但很遺憾。」

「遺憾什麼？」

「我不想說。」

桑亞平靜的臉沒半點波動，凝視我的視線也很直接，明明是很關鍵的問題，她總是能閃掉，還閃得坦蕩蕩，一副「我就是要閃，你不要再追問」的神情，讓我如鯁在喉。

「柏泓，你要知道，縱使我們分手了，我還是永遠都不會害你。」

「我沒這個意思。」

「無條件再幫我一次，就當成我們各自單身旅行，只是碰巧在同一個島，這樣好嗎？」她雙手合十。

「不好。」我斬釘截鐵。

我早知道戀愛是無條件的。

只是不知道分手亦然……

第二日
相愛難，分開卻無比簡單

和前女友去單身旅行，很離譜。

但更離譜的是，我拖著一大箱行李到了機場。

還找不到一個可以解釋這種反常行為的理由。

這一個多月，桑亞有事沒事就會請我幫忙，並且發誓絕對不再談沖繩之旅，不再逼迫、不再洗腦，要去不去讓我自己決定。見她的毒誓相當真誠，大四時期的課又少，所以我偶爾會幫幫她，當免費的勞工。

先是去大賣場買出國的用品，比方說盥洗用具、行李箱之類的，好死不死就碰到五折跳樓大特價，她說服我一起買，就算不去沖繩，平時也會用到，於是我就買了。

再來研究行程，她找我一起查資料，沖繩小歸小，可是一個國際級的觀光景點，自然有趣的地方很多，她很猶豫，不知道該怎麼安排七天的流程。所以我給她幾個建議，包括過去我看到旅遊節目介紹就很心動的地點。

類似這樣的忙，我來來去去幫了五、六回，最後還陪她去跑一些出國的文件，一不小心就連我的護照和簽證都一起申請完畢，不知不覺中，我居然辦妥了去沖繩七天六夜的一切準備。

原來她是溫水，我是青蛙。

我走進人來人往的機場入口。

桑亞看到我，站起來死命地揮手，怕我沒看見她似的。不過事實上，在廣闊的機場大廳，一整區的座位當中，我第一眼就發現她了，而且是舊版本的她。

說也奇怪，聖誕樹版的桑亞似乎沒再出現過，幾次和她一起去辦些出國必需的文件和購買旅遊用品，都沒再看過她的「精心打扮」，都是很隨興的短袖、短褲、布鞋，連口紅都沒有。

我不解地問：「妳的綠色髮片呢？」

「懶。」她連眼皮都沒抬。

「妳的連身裙呢？」

「繃。」

「妳的高跟鞋呢？」

「痛。」

「妳的煙燻妝呢？」

「髒。」

「為什麼不打扮了呢？」

當我這樣問，她只是冷冷地瞪著我，從頭頂瞪到腳底，然後收回視線深深嘆一口氣沒說話。

她不說，不代表我不知道答案。所謂女為悅己者容，跟學長出門當然要認真裝扮，反之，跟我出去就不用太麻煩了。

不過，就這樣簡簡單單的暗紅色格子長襯衫當外套，內搭圓領背心和短褲……普普通通的打扮，卻能讓我在人來人往、數十人走走停停的機場大廳中，一眼認出她來。

這是不是草食性動物躲避天敵的本能呢？

我很懷疑。

因為我沒躲避就算了，竟然還靠近她，準備跟天敵一起去旅行。

在她身邊的空位坐下，百般無聊，我又不知道該說什麼。畢竟交往過三年，雖然不至於尷尬，卻無法像以前，總有說不完的話題、講不完的趣事，無形之中還是有道牆從中隔開我們，每分每秒提醒著桑亞只是同學、一起去旅遊的夥伴。

「東西都帶了？」她突然問。

「檢查過三次。」我回。

「那就好。」

「可是……」

我把我的黑色行李箱和她的藍色行李箱併在一塊比大小，發現她帶的東西比我還少。

「妳盥洗用品那些……都有帶嗎？」我問，因為她的行李箱只有我的一半不到。

「飯店有。」她叼著筆，注視著擺在腿上的筆記本，「不然用你的。」

翻著和真相一樣白的白眼，我絲毫不覺得意外，往後一仰看看手機上的時間，卻注意到她側頭思索，動筆疾書，又停筆衡量，再塗塗抹抹，直到她填滿筆記本一整頁。

「在寫什麼？」

「我在畫『來沖繩必做的二十件事』的表格，有完成就打個勾。」

「類似行程安排？」

「八成像吧。」

「等等，妳該不會是得了什麼老梗絕症，所以模仿……」

「咒我？信不信我插死你？」

她皺起眉，舉高握住原子筆的手，惡狠狠地要刺我，雖然我知道她恐嚇一百次也沒行動過一次，但我還是會縮縮身體，像是在配合她完成一段搞笑又愚蠢的套路。

我的大腦明確知道她一定不會刺，身體卻是直覺反射性地躲避，讓她得意地嘿嘿笑幾聲。

「告訴我，妳必做的第一件事是什麼？」

「玩遊戲，戰勝你。」

聽到桑亞這樣說，我打了一個冷顫。過去就是被她一直牽著鼻子走，才讓我大一中旬到升大四的暑假，大約三年的人生疲憊不堪。

每次我立下的規則總會被她一一突破，反覆來回摧殘，漸漸變成一個沒有原則的人。

「我不要，我想回家了，妳好幼稚。」我打算硬起來。

「對，我就是幼稚，才能和你交往三年。」

「請不要隨便改動人家浪漫的電影臺詞。」

「快一點，不然等等連我都不能確定自己會做出什麼事喔。」她居然恐嚇我。

「試試看啊。」我硬到不行。

桑亞輕描淡寫地橫我一眼，放下筆，用筆記本夾住，雙手慢慢遮住臉，垂下頭，開始哽咽幾聲。

「上禮拜、上禮拜你又偷跑去日本找那個女人對不對？否則，信用卡的里程數怎麼會不對。閉嘴！我不想聽你說謊……只是為什麼要瞞我，你愛上我在日本留學的妹妹就直……」

「……」我茫然，感受著附近旅客射來的銳利目光。

「接著說啊，我……我這麼愛你，不管你對我多惡劣多殘酷，甚至是劈腿我的親妹妹……我也會原諒……只求你不要騙我好不好……林柏……」

「好，請問妳要玩什麼？」我軟了，在名字被公開之前。

當女人的內心小劇場實體化，男人除了變軟之外並沒有第二條路。

「我們來玩男生女生配，輸的人無條件被使喚一次。」

「居然又是這招……」

我還記得第一次接觸這個遊戲是在交往後的第五天，我們和系上同學一起去唱KTV，她玩過之後便欲罷不能。

兩方猜拳，勝者以食指隨機上下左右指，預測敗者的頭部會轉到哪邊，要是被預測到，敗者算輸，要是沒預測到則重新再猜拳，簡單到不行、在臺灣早就玩爛的小遊戲，卻讓一個雲南女孩上癮。

上癮之後，她有事沒事就到處挑戰，同學、助教、教授都難以倖免，統統是她的手下敗將。

猜拳她不厲害，猜測方向她真的超準。

聽說她是用過人的動態視覺在瞬間判斷對方頸部肌肉變化，再指出轉動方向。

已經成為校園不可思議的傳說之一。

所以，我根本就沒有贏過。

交往時，試圖探問過她百戰百勝的祕密，得到的答案總是「運氣」兩個字，我半信半疑。

其實我很想直接認輸，讓她使喚一次就算了。

可是一見到她夾在腿中間的筆記本，想到她必定要達成的二十件事，又不想在旅行出發之前掃興。

贏，就讓她堂堂正正地贏。我會極力抵抗，奮鬥到最終一秒後，輸。

經過國際公定的桑亞式男生女生配比賽規定，我們進行整整九輪的廝殺，以友誼、團結與公平競爭為基礎的競技精神，完成整場比賽。

最後，我在第九局猜中她的頭偏往左邊，以五比四獲得勝利。

居然。

漂亮的逆轉勝！

「我……贏了？」我傻笑看著自己的食指，難以置信。

我也有贏過她的這一天嗎？

好想歡呼、好想到處奔跑、好想逢空姐就抱，告訴每一個人，林柏泓靠男生女生配贏過桑亞啦！

她臭著一張臉。

我立刻斂起笑容，端正地坐在原位，雙掌平放於大腿。

桑亞雙手抱胸，淡淡地說：「願賭服輸，只要不是傷天害理的事，我統統能滿足你，沒有第二句話，說到做到。」

「要不然……妳的耳垂借我彈一下。」我選了一個最不傷她尊嚴的懲罰。

「蛤！」

「不然……替我跑腿買個飲料吧。」我根本不渴。

「什麼!?」

「……妳直接給我選項挑好了。」

「難得贏，為什麼不狠狠使喚我一回？彈耳垂、買飲料這種小家子氣的事根本是在羞辱我。」桑亞很不滿意，「請給我會為難、會羞恥、會煎熬的指令，拜託。」

我看向她，想確定她是不是認真的，試圖從認識她三年的經驗推斷出真假。最後由眉眼間的神情判定，她不是在開玩笑，也不是在挖洞給我跳。

「妳今天一整天都得穿裙子。」我聳聳肩，隨口講講。

桑亞有恃無恐的表情在瞬間消弭，抱在胸口的雙臂垂下，悲傷的雙眸似乎在問我「怎麼如此殘忍」，簡直就像在外頭加班賺錢養家的妻子，發現失業的丈夫外遇一樣誇張，犯了豬狗不如罪。

「我是想說上次看妳穿過連身裙……」

「那是我特地換的好不好，你以為我真的會穿那樣去上課喔！」

「為什麼特地換？」

她甩過頭去，不發一語，但耳根都紅了。

「不穿就別穿，反正遊戲而已，妳別在意。」

「哼。」

結果，明明是勝利者的我卻碰了一鼻子灰，直到前往櫃檯辦理登機和寄放行李她都沒說話。我跟在她屁股後面，從報到大廳前往入境大廳，目標當然是國際線的登機門。

桑亞是個不太像女生的女生，在我的記憶中她從沒穿過裙子，明明腿挺美，短褲也敢穿，就不知道為什麼對裙子很感冒。

好吧，反正不愛就不愛，本來就不用理由。但真正的問題是，為什麼我們分手後第一次見面說話，她卻是穿著過度貼身的連身裙？

我停下腳步。

抬起頭，發現她不見了。

附近都是出境或入境的乘客、觀光團，這整條路皆是免稅商店，所以動線上人多，我沒辦法一眼就找到桑亞。

邁開步伐開始找，怕她迷路之餘，也怪自己為什麼不好好看緊她，一間又一間免稅商店都大致看過，卻一無所獲，我特別走去長榮航空飛沖繩的候機室找，一樣沒看到她。

已經過了二十幾分鐘，再拖下去很有可能錯過班機。

我有些擔心，邁開雙腿奔回免稅商店街，相同的茫茫人海，不過這次我第一眼就發現桑亞，她正在服飾店的門前東張西望地找我。

走到她的面前，她嗔怪地捶了一下我的手臂。

我才赫然發現，桑亞正穿著一件白底藍邊的可愛百褶裙。

「剛、剛剛買的，怎樣？」

「……好看。」

「知道厲害了吧。」

「為什麼，明明我沒逼妳……」

「誰教我是個願賭服輸的勇敢女人。」

她驕傲卻又有些不自在地往候機室而去，我在後面差一點笑出聲。

「就一條裙子能讓你高興成這樣？」

「咳咳……我沒有。」

「果然，會打扮的女孩子還是比較受歡迎。」

「就說沒有了。」

「口是心非，你也是外貌協會。」

桑亞加快腳步，甩掉跟在後頭的我，逕自先到候機室。

我想她大概對我有很嚴重的誤會，交往三年竟然還不知道，反而害我有點不好意思。也許在她心中，林柏泓是個單純、蠢笨、天真的男生，但實際上……

我就是個外貌協會。

當初在新生入學的典禮中，我第一眼看見的就是她的美貌，而且對於發現桑亞很漂亮這件事深感驕傲。

系上男同學、學長、學弟的眼中，都是熱情洋溢、活潑外向、熟知流行趨勢、很會打扮自己的女孩。何曾像我，一心一意只關注於她低調的美麗與本質。

我曾經以為和她交往是這輩子最幸運的事。不過，我後悔了。

如果說人的每一個選擇的最後結果，都能簡化成「吉」與「凶」來表示，那我因為喜歡上妳的樣子就決定放膽追求妳的選擇，一定會被歸在「大凶」這邊。

至今，我仍不懂為何當初要談一場註定分手的戀愛。

這輩子最後悔的選擇就是喜歡妳，沒有之一。

到達沖繩，拿到行李的第一件事，就是拿我的襯衫讓桑亞綁在腰上，像多穿半面裙子，稍稍緩解她的穿裙不適症。

走出機場，中午時分，太陽比想像中烈。

兩人站在出境大廳的門口，都無法毅然走進陽光底下。

我早就懷疑過，一趟雙人自由行怎麼可能要價十八萬臺幣，這一定是旅行社虛報的惡劣手法，就跟百貨公司的福袋一樣，內容物價值的計算方式永遠都是建議售價，但實際上標價一千元的物品可能只賣五百塊。

而我們這樣大概四到五萬，旅行社直接浮報四倍。其中真的問題重重。

「接下來呢？」拿出遮陽帽的桑亞問我。

「先搭計程車去飯店吧，妳有地址嗎？」

「當然有。」

我們對視一眼，終於下定決心放棄涼爽的冷氣，走出開啟的電動門。

忽然，一臺很沒禮貌的BMW 335cic直接停在我們面前，黑色、雙門、硬頂敞篷，充斥著滿滿的臭屁味道。隨後一位小姐下車，用不太流暢的中文跟我溝通，把車鑰匙交在我手中，再走到旁邊搭上我們原本要搭的計程車。

我的腦袋還無法消化。

她問的幾個問題分別是：在臺灣有沒有汽車駕照？會不會用衛星導航系統？能不能在七天後回國時在這裡還車？

我的答案分別是：有、會、能。

這臺跑車的七日租金也是旅行社支付，先不說十八萬的價格有沒有灌水之疑，也許我徹底誤會他們的苦心了。

刻意採用自由行而不是跟團的方式，是因為他們希望情侶有更多私人空間和出入自由；一臺可以到處跑的跑車，絕對比有導遊在碎碎念的遊覽車更加浪漫。

當我們到達住宿的飯店，我對旅行社是否灌水的疑問也煙消雲散了。日和海濱國際酒店，沿藍海與白沙建立，簡約美觀的造型讓我將車交給泊車小弟後，就迫不及待要進房間看看，就算是詐騙集團或是人口販子把我們拐來這賣都無所謂了。

反正美景具有麻痺所有負面情緒的功能。

一進房，我率先將房間的落地窗拉開，呈現在眼前的海清澈到令人分不出是天堂還是現實。桑亞站在我旁邊呆愣著，彷彿被催眠一般，誤以為窗外是逼真的畫，甚至伸出手試圖撫摸看看。

我們兩個沒見過世面的俗人，一下被扔到天堂，竟懷疑天使是魔鬼。

「太美了吧……」她感嘆。

「妳說得對。」有史以來我最認同她的一次。

「我們馬上去海灘！」

「剛到沖繩不到一個半小時，現在就去？」

「你不去，我自己去。」

桑亞把行李扔在床鋪，一股腦統統攤開，個人物品像爆米花一樣噴得滿床都是。她眼明手快撿起自己的泳衣，直接在我面前脫掉襯衫和背心，大剌剌地換了起來。

我這才驚覺一件事，這是一個為情侶設計的行程，所以不可能有兩間房。

「等一下。」我阻止，在她脫下藍色胸罩之前。

「怎麼了？」

「我們只有一個房間嗎？」

「對呀，我也希望有各自的房間，不過免費的禮物，總不好意思多要求吧。」

「我再去訂一間。」

「好啊，一個晚上八千多臺幣，記得訂六天喔。」

我頓時語塞，有種一文錢難倒英雄漢的苦楚，窮學生就是這點悲哀，尤其我之前又散盡積蓄買了個無用的垃圾，更顯得此刻的淒涼。

「好歹……妳也到浴室換吧。」我無奈地說。

「為什麼？」

「為、為什麼？」

當你說一加一等於二的時候，如果有人問為什麼，一時之間反而很難反駁，所以我的腦袋轉不過來，只能複誦她說的話。

「女生本來就該保護自己，隨便在男生面前更衣很危險吧。」

「危險？你想對我做什麼嗎？」

「我當然是不會，問題是……」

「不會就好，現在時間有限，別拘於小節。」

桑亞若無其事地解開背扣，還好我趕緊轉過身去，面對落地窗外一片海洋。

「你都看過幾次了，有需要大驚小怪嗎？」她吃吃地笑。

「那不一樣。」我知道分際在哪，和她不一樣。

過不久，她換好泳衣，整張臉都是對沙灘的憧憬，身上很陽光的白色泳衣都不如她此刻的笑容陽光。一見到她來這招，我什麼話都硬生生吞回肚子裡。過去我們交往時效果就很顯著，更何況分手後我更沒資格管她。

「好吧，玩到筋疲力盡為止。」既然無法抵抗，我只能學會順從。

「沒錯，不拘小節才能玩得痛快。」桑亞朝我比個大拇指，「出發，柏泓！」

我進浴室換上四角泳褲，和她一起邁出房門，不管三七二十一就往飯店附設的戲水沙灘前進。中餐沒吃、行李沒收、沒打電話報平安、沒跟旅行社聯絡，反正所有條條款款全被拋在腦後，我們的眼中只剩下湛藍的海。

因為是私人海灘的關係，人很少，顯得海岸線很寬。

桑亞用衝刺百米的速度直奔海浪，我雙腳踩在微微發燙的白沙上，找了一個空的沙灘椅躺下，只剩小腿露在遮陽傘外。欣賞美景比接觸美景更適合我。

享受著海風撲面的悠閒，雙眼則遠遠凝視著桑亞，看她像個第一次碰到海的孩子興高采烈。

「你要知道很多雲南人一輩子都沒見過海的」，想起我們第一次約會時她對我說的話，同時展現出對海的濃烈興趣，她喜歡海，所以喜歡四面都是海的臺灣。

但有沒有真正喜歡過住在臺灣的我？沒有答案，因為她說的答案，我也不敢相信。

一陣鹹鹹的海風吹來，吹散了我腦袋內不再重要的問題。

她依然在不遠處玩水，碧海藍天加上如出水芙蓉的身姿。

我緩緩閉上眼睛，畢竟昨晚沒什麼睡……眼前的桑亞開始和第一次約會的桑亞重疊。

風好涼爽……然後……然後……眼皮開始沉重。

「才不回去，反正我現在不喜歡你了！」

一道憤怒的尖叫聲徹底消滅我的睡欲，我看向右側，隔壁再隔壁的海灘椅上坐著一位紅色短髮的少女，應該也是臺灣人。她怒氣沖沖地掛掉電話，還差一點把手機扔進沙裡。

好獨特的髮色，像團火焰，但她眼眶含淚一臉難過，連鮮豔的火焰都黯然了，快被澆熄似的。

八成是和男朋友吵架，我還是少看為妙，趕快合上眼皮，演出睡眠被打擾的模樣，翻過身去繼續睡。

一樣的海灘裝載各式各樣的際遇。

有一對分手的男女待在一起，也有一對戀愛中的男女分開。

2

中餐沒吃的我們餓了。

很餓，玩過水之後更餓。

回房簡單梳洗換裝之後，我開車載桑亞離開飯店，希望找到值得成為沖繩第一餐的美食。

街道乾淨又整潔，所有用路人都開得很慢，連喇叭都沒聽到一聲。整座島的節奏很慢，讓我覺得每一位走在路邊的居民都很安居樂業的樣子。

敞篷跑車也沒用武之處，我的時速沒超出五十公里過。

不過打開可收摺的硬頂敞篷，多聞一聞專屬於沖繩街頭的味道，讓我精神一振，桑亞更方便透過無遮蔽的視線尋找想吃的餐廳。

卻沒想到在路上繞了很久，久到我都以為她不餓了，我們的晚餐還是沒著落。

很有特色的餐廳、人多排隊的小販、百貨公司內的附設食堂、看起來就很貴的華麗飯店統統被她拒絕。

「就是這，停車！」

在我餓到差一點停車先去超商買餅乾果腹之前，桑亞終於下定決心。

她指著開在巷弄內的居酒屋，好像命中註定與其相遇。

我完全不知道為什麼是這間，外表雖然不到髒髒破破的程度，但比起前面幾間的光鮮亮麗，顯得相當黯淡失色。

「前面那間烤肉店裝潢得多有特色，為什麼我們要在這吃？」

「笨蛋。」她連開車門都等不及，直接扶著擋風玻璃站起來，一腳跨過去順利落地，「主打在地特色的店都是要賣給觀光客的，只有這種連展現特色都不屑的店，才是真正在地人吃的。」

不得不說，真有道理。

停好車，我和桑亞一起走進居酒屋，座位半滿，大多是上班族和勞工，他們吃著一盤一盤的生魚片或雞肉串，配啤酒看電視，彼此之間偶爾有說話，音量也不大。

果然店內幾乎沒有裝飾品，就只有整潔的榻榻米、矮桌、幾張老海報，卻釀出一股濃濃的日本氣味。

找個雙人雅座休息，侍應很快就來招呼。我們依靠比手畫腳神功，成功點了烤雞肉串、刺身拼盤、玉子燒，接下來就是滿心期待上菜。

沒想到端菜上來的不是侍應，而是圍著圍裙的廚師。他將刺身拼盤放在桌面，爽朗地說了聲「這是招待」，便從口袋拿出兩瓶玻璃瓶裝啤酒。

我沒聽錯，眼前壯碩的大叔說的是純正的中文，只是腔調很獨特。

「臺灣人？」他率先招呼。

「他是臺灣人沒錯，我是雲南人。」

「老鄉啊，我西安來的。」

先不管為什麼西安和雲南差十萬八千里可以算是老鄉，桑亞和大叔就這樣聊起來，完全無視附近還有很多餓肚子的客人。

「你們等等，我先去餵飽這些人，晚點再過來。」大叔大概也知道自己店主身兼廚師的責任重大，不能顧著聊天。

我吃著新鮮的魚肉，倒不介意他們聊。剛剛大叔自我介紹，說他從小就無定性，喜愛飄泊到處跑，連臺灣都待過幾天，最後跑到沖繩被美若天仙的老闆娘給降伏，便在此開家居酒屋定居下來。光是簡簡單單的對話，我都能感覺到這位滿臉鬍碴又精神抖擻的大叔擁有非一般的故事，當然值得交個朋友。

桑亞的心情極佳，甚至把我的啤酒……

給、喝、完、了！

我使勁搶回來，已經來不及，她喝掉整整兩瓶。

桑亞輕蔑地說：「瞧你大驚小怪的，當我酒量還跟大一時一樣嗎？」

「是嗎……」我鬆口氣，「這樣就好，我等等要開車，沒辦法照顧妳喔。」

「你這個負心漢怎麼、怎麼……好意思說要照顧我……嗚嗚……」她說著說著就哽咽了。

「妳根本已經醉到底了啊！」

「你說要照顧我一輩子……是一輩子！結果呢？」

「……妳先冷靜下來。」

「結果因為一點小事甩掉我……我什麼都給了你，你居然這樣對我！」

「不是，別說了，這都不是真的，妳已經被酒精控制。」

「那個晚上，你用甜言蜜語騙走我的第一次……完事之後，還繼續騙我……說會、說會永遠愛我！」

「妳給我閉嘴啊！」

不能再放任她敗壞我的名聲，趕快用手捂住她的嘴，招呼侍應來結帳，結果來的是廚師大叔，用曖昧的眼神對我說「快撿回去飯店好好恩愛吧」，還比一個大拇指。

桑亞正在咬我的手掌，我沒辦法掏出錢包，大叔朝我揮揮手，意思是這餐他請了。

原本想好好跟他解釋，不過要是我不趕緊帶桑亞回去安置，她在酒醉的胡言亂語之後，就會開始暴力宣洩自己的委屈，整間好好的居酒屋會變成怎樣沒人可以保證。

但大叔依然用淫穢的手勢為我助威，直到被旁邊的美麗老闆娘拿砧板敲頭為止。

「明天，我會回來結帳。」

我背起桑亞離開居酒屋，她順勢啃我的肩膀和勒我的脖子。

「別咬我的肩膀，很痛……啊啊，痛死！」

桑亞似乎聽得懂人話了，鬆開嘴，改咬向耳垂。

「對不起！咬肩膀，妳還是咬肩膀啊！」

還好車停得不遠，我忍著痛，左手匡住她的左腿避免滑落，右手從口袋掏出遙控器將車解鎖。

「下來，坐車。」

「不要……別、別以為我會放過你。」

「妳這樣，我們怎麼回飯店？」

「那是你的問題！」

在頸動脈被氣破之前，我忍無可忍，打開敞篷想把她甩進副駕駛座。

但我失敗了，她還是黏在我背後，雙手鎖我的頸、雙腿鎖我的腰，文風不動。

立刻讓我想到中國古拳法的王牌防守絕技「金蛇纏沾手」，何金銀曾用貨車訓練大法練成此技，讓斷水流大師兄痛哭流涕。

「放開我吧……」我頓時能體會相同的煎熬。

只好放棄開車。

我背著她走在沖繩的街頭，慶幸手機內建地圖顯示飯店和居酒屋不過兩公里的路程，還算是雙腿能負擔的範圍。

桑亞哭完沒再咬了，就靜靜靠在我的左肩，似睡非睡，溫熱的吐納都是酒味。

晚上九點的沖繩，比臺北要寧靜許多，方便聽她在我耳邊的醉語或是夢囈。

「為什麼我們可以……這麼簡單就分手……為什麼……」

「我就不信，你一點難過都沒有……」

「相愛那麼難……分開卻那麼簡單……這太不合理……」

「學長……對學長、我是、我……我是……」

她斷斷續續說出支離破碎的句子，有的我聽得懂、有的我不想懂，比如說她口中的學長，就是我不想繼續探究的主要原因。

我分得出來，桑亞說的學長和資工所的學長不一樣。那位被學弟妹們稱之為「小杉」的學長是個大好人，比我們大一屆，個性熱情和善，習慣性幫助別人，長相帥氣，成績總是名列前茅，卻沒再讀研究所，直接進入職場，而且被自己父親外派到鹿兒島工作，收入遠超過一般博士畢業。因為毫無缺點，堪稱完美，所以大家都說他是哆啦A夢裡的小杉。

她醉後的呢喃，說的是他，各方面都比我優秀的男人。

我忽然全身發酸，可能是肌肉過度勞累釋放的酵素在作祟。

撲面而來一陣強風，狠狠吹亂我們的髮絲。

「喂，你很累……嗎？」桑亞稍稍清醒。

「當然累啊，妳的酒量根本就毫無長進。」

「你很痛苦……嗎？」

我不清楚她指的是什麼，就隨便呼嚨過去。

「對啦，很痛苦。」

「還不夠，沖繩的七天六夜，我一定要狠狠地折磨你。」

「妳給我下來，馬上！」

「對不起，我錯了，柏泓大人請原諒桑亞，拜託。」

我始終被她能伸能屈的姿態弄得進退兩難，偶爾被氣到想翻臉，她又巴結地道歉；有的時候我的熱臉，又會碰到她的冷屁股。交往三年，大部分的時間，我都不懂她在想什麼。

「以後，不管是在臺北還是雲南，別再碰酒了，除非……」

「除非什麼？」

「妳能保證有個笨蛋，肯吃力不討好地把妳背回家。」

她沒說話，也沒吐槽我，大概是假裝沒聽到吧。

這樣也好，我終於能專心地背著她，漫步在陌生卻舒適的沖繩街頭。

相愛要兩人同意當然難，分開只需一人同意當然簡單。

第三日

我最大的缺點，就是太愛妳

當我張開眼。

發現自己睡在地上，桑亞趴在旁邊，右腳跨在我的胸前，簡直像個凶殺案現場，一對男女陳屍在房間門口。

昨晚太累了，回來後房門一關上，我猶如衝過加長型馬拉松大賽的終點線，雙腿一軟很乾脆地倒下，隨後眼皮好沉，在重新爬起來之前就睡著了，導致我和桑亞擠在門口睡了一晚。

我得沖個澡，洗滌全身的臭味。

吃力地站起來，原本想順手把桑亞拖去床上睡，但我一瞧見她誇張的睡姿和幸福的睡臉，就想到昨晚正是她折磨我的雙腿，於是乾脆放她自生自滅算了。

在浴室把自己刷個一乾二淨，總算覺得精神許多。一邊擦頭、一邊走到落地窗前，用力拉開純白的窗簾，清澈的陽光灑進屋內，還映得整片沙灘閃閃發光，白沙宛如金沙般華麗，我沒預料到會看見如此美麗的畫面，不知不覺發起呆來。

「呃……救救……救我……頭痛、身體痛、四肢痛啊……」

身後傳來桑亞的哀鳴。

我真希望自己是聾的。

「柏泓……救我……看在我們是好姊妹的分上……」

剛剛愉悅的心情幾乎被破壞殆盡，海、沙灘、陽光似乎沒那麼美了。

桑亞如斷腿的活屍，一路靠雙手爬到我的腳邊，扯我的短褲褲管。

我垂下頭，她的臉色和泡在水裡兩個月的屍體差不多。

「看妳還敢不敢喝酒。」

「不敢了……」

她畏懼光芒，整個身體縮成一團。

我深深地嘆口氣，扔掉毛巾，雙手從後穿過她的腋下，緩緩將其拖進廁所內。

她趴在馬桶邊，我扭開浴缸的熱水，整間浴室又再度充滿白煙。工作順利完成，我打算走出去，卻又被她揪住褲管，害我的四角內褲露出大半。

「幹麼？」

桑亞哭喪著臉，雙手拉住背心下襬，奮力往上一脫，中途卻又無力地垂下。這意思相當清楚，就是「我連背心都脫不掉了，別走」。我實在很痛恨自己為什麼讀得懂她的肢體語言。

「好歹我也是男人。」

她很認真地搖頭。

「妳再搖，我就出去。」

「臺灣人有一句俗語說，前男友只有變成敵人或是姊妹兩種可能，難道……我們是敵人嗎？」

「臺灣沒有這句俗語。」

「快啦！全身癢死了！」

我把桑亞抱在浴缸邊緣，實在不能理解為什麼前男友要做到這種程度。雖然她光溜溜的模樣我看過很多次，但分手已經幾個月，早就不能和以前相比。

向上脫掉她的背心，裡面就是藍色的內衣，沒有特別的花樣。

她總算還有一點羞恥心，眼睛不敢看我，雙手抱在胸前，不知道是熱水的關係，

還是她的體溫升高，鎖骨和肩膀的區域紅得不正常。

「裙子……」她說。

「妳也太懶了吧。」我抱怨，卻還是伸手去解桑亞臀邊的拉鍊，結果解到一半，她反而抓住我的手。

「算了……我自己脫，你出去、出去。」

「妳翻臉比翻書還快。」

她沒有解釋反覆無常的原因，還突然力大無窮，一把將我推出廁所。

然後狠狠關上浴室的門。

幾秒後門又再度打開，從裡面扔出一團背心包裹住短裙加內衣加我的T恤與短褲揉成的髒衣服球。

要我收去髒衣袋的指令相當明顯。

我一件一件攤開衣服，發現她短裙的口袋內有一件硬物，特地伸手進去摸索，結果拿出一本筆記，就是昨天在機場，她書寫「去沖繩必做的二十件事」那本。

「欸，妳的筆記本亂丟，要是我真收進袋子內，看妳要找多久。」我朝浴室喊。

接著，我聽見一連串的碰撞聲和嘩啦的水聲，桑亞只圍著一條浴巾就衝出浴室，滿臉焦急地找到我，全身都在滴水。

「不准動，絕對不准開！」

「妳幹麼這麼緊張？」

「慢慢地放下它！」

我看了一眼右手中大概五公分高的紅色迷你筆記本，又不是什麼筆記本型的定時炸彈。

才猶豫了一秒，她又大喊。

「快點放下它，聽到沒有！」

桑亞的頭髮全溼，黏貼在臉頰和脖子，身上也是溼的，根本連擦一下都沒。因為她全神貫注在筆記本，所以也沒發現浴巾只圍一半，左側的胸部下緣、腹側、腰際、大腿、小腿，整道玲瓏有致的曲線都沒遮住。

「好，我放下。」

我拿住筆記本，緩緩蹲低，小心翼翼地放在地毯上。

她偷偷鬆一口氣，讓我的好奇心瞬間大盛，又想到昨夜被折騰了一晚……

於是我站了起來，右手高高舉起筆記本，利用十三公分的身高差距，打算讓她踮起腳尖也碰不到。

「這本子裡到底記錄什麼？」

「林柏泓，你敢偷看，我真的跟你沒完。」

「我不會看，但我想知道到底是什麼能讓妳緊張成這樣。」

「關、關你什麼事？」

如果好奇心是液體的話，大概已經從我體內滿溢、由鼻孔流出。

雖然我沒說出口，但滿腦子都是偶像劇的畫面，男女嬉笑打鬧的戲，男主角說著「妳來搶啊」，然後女主角嗔道「快給我～快給我～」。

我坦承，可能是出自報仇的心，也可能是被沖繩這個浪漫的島影響，智商降低百分之五十，幼稚得一塌糊塗，看到桑亞朝我衝過來時，我甚至隱隱有些愉悅。

如預料之中，她全速衝刺過來，浴巾如俠女的披風飛揚。

「嗚呃！」

不過她沒有跳起來搶，而是用頭頂直接衝撞我的肚子，不知道是哪來的怪力，我整個人被撞翻。

趴在床上，我整個胃都快吐出來，為幼稚付出慘痛的代價。

被裸女一頭撞翻，我真的不知道該怎麼形容目前的慘狀，只能摀住肚子翻滾。

桑亞哼哼兩聲象徵全面勝利，彎腰撿起落在床邊的筆記本，藏進上鎖的行李箱，她才重新回到浴室內泡澡。

我以靈魂出竅的表情躺平在床鋪，腹部的疼痛卻刺激著大腦，察覺到這一切都很不對勁。

從收到旅行社的邀請卡開始，一直到桑亞的祕密筆記本，種種的種種，皆透露出古怪。

我百思不得其解，卻裝作沒事。

這個早上，只不過是七天六夜旅行的第二天起始。

還有不少時間，我會知道桑亞在搞什麼鬼。

雖然肚子還隱隱作痛，但桑亞洗完澡就精神百倍地拖我出門。

時間很寶貴，我們連早餐都是在車上吃的，過程中不知道是因為我在開車，還是她過意不去的關係，她一口一口餵我吃完漢堡，咬三口還會配一口飲料，嘴巴沾到醬還有面紙可擦，溫柔得像大和撫子。

我們的目標是那霸市，ＧＰＳ顯示五十多公里的路程，大概開一個多小時就會抵達。

這才是真正的旅遊行程，我們沒特別說出口，依然能在彼此的眼神中看見期待。在桑亞的指示下，首站先到號稱沖繩八大神社之首的波上宮，原本我還想吐槽她逢神就拜，結果看到古色古香的建築、紅瓦屋頂的色彩和空氣中靜謐安逸的味道，馬上引起我的興致。

先依習俗到旁邊的手水舍洗手，再到神社參拜，不過我們都沒有經驗，只好像考試作弊偷瞄隔壁的學生，偷看別人怎麼做，然後模仿動作。

桑亞不好意思地吐吐舌頭，告訴我心意最重要，想為我們的無知開脫。她拜完還不甘願，特別去買了兩片木製的祈福卡，一片交給我寫。

「我沒有什麼願望……」我掂掂沒啥重量的小木板。

「人不可能沒有願望的。」她若有所指。

嘗試去思索，最後還是沒有，大四學分幾乎已經到手，畢業是板上釘釘的事，未來要去舅舅的公司幫忙，工作早早預定。我的人生並不讓人稱羨，不過勝在平穩，沒有波瀾，於是我無所求。

「快寫，寫完換我。」她催促。

我匆匆寫下一個對世界毫無幫助的世界和平。

她咬著唇，顯然不太滿意，反正我不想修改，自動自發將祈福卡掛上，把筆交給她。

「你先去車上等我。」

桑亞一雙手掌包住祈福卡，要我先走，當然是不希望別人知道她許什麼願。我不想自討沒趣，乖乖去開車，不久之後她就跟來，我們一同離開寄放著諸多願望的波上宮。

不知道是不是我希望世界和平的關係，今天一路相當順利，微風無雨、道路順暢，景點的遊客都不多，好像被我們包場一樣。

波上宮之後我們去識名園，琉球和中國文化融合而成的庭院式建築，聽說還被日本指定為國之名勝，是世界文化遺產之一。心字池為其中心，附近有番屋、拱橋、涼亭、六角堂、育德泉。看導覽介紹上說，遊客在不一樣季節會感受到不一樣的景致，現在是炎熱的五月底，不知道算夏景還是春景？

我們逛完一圈，拍完照片，長了見識之後離開，過程大概一個小時左右。

結果，在沖繩最熱鬧的區域國際通一直逛到天黑。

購物比見識重要……我們不愧是觀光客。

我不知道該怎麼精確地形容國際通，就像是把全世界的雜貨店統統濃縮在一條街內，各式各樣有趣新奇又富地方特色的商品擺滿每間店。

我是個不太愛買紀念品的人，不過還是買了風獅爺的玩偶、兩瓶泡盛、沖繩風味泡麵、雪鹽餅乾、年輪蛋糕，提得滿手都是袋子。

桑亞更扯，化身為哆啦A夢，不知道從哪掏出藍色的帆布袋，一眨眼已經裝個半滿，還拿出上衣型的道具，不停催促我找個廁所穿上，把我當成大雄照顧。

身為廢柴的代表人物，我當然沒有拒絕，只是上衣型道具不過是一般的T恤，藍色的底印有「雜魚」兩個毛筆字，而她剛進女廁換的T恤是紅色底印有「勉強中」，我懷疑是不是有什麼暗示，她拍拍我的肩說這是隊服。

我們的精力在這消耗八成，各自背著戰利品準備回車，結果好死不死，居然又看到一條叫「和平通」商店街。

桑亞堅毅不拔的精神再度發揮，二話不說另闢一個新戰場。我是她的隊友，當然是捨命陪君子了。

等到我們從新戰場生還，已經超過晚餐時間，我又餓又累，在和平通內沒買什麼東西，倒是桑亞越挫越勇，精神奕奕地提著名產，還不停催促我走快點，肚子餓了快找地方吃飯。

我們打算開車回飯店，途中有遇見我感興趣的餐廳就停車。結果她沒一間滿意，說要再去吃昨晚的居酒屋，同時我想到還沒還大叔餐費，所以投下贊成票。

大概一個多小時的路程，桑亞在副駕駛座不停翻出剛剛買的有趣小物或獨特的食物，我開車時無法細聽，不過她語氣中滿滿的欣喜我仍是一清二楚。

及時行樂，我看見專屬於桑亞的瀟灑，她玩得快樂就是快樂，從不假以顏色。原本還擔心，她唯一的夥伴是我，說不定玩沒兩天就會開始喊無聊，變成我不想來、她也煩悶的悲劇。

卻沒想到，我太小看沖繩了，桑亞根本就樂不思蜀，愉快的氛圍像嗎啡減輕我的疲倦和飢餓，漸漸覺得這一趟很值得，至少她的開心貨真價實。

下了快速道路，我正轉彎進入熟悉的街道。

「前面……車禍嗎？怎麼有人蹲在路邊哭？」桑亞詫異。

沒錯，我也注意到了。

路邊哭泣的女生有一頭紅色的短髮，相當惹人矚目。

緩緩停車，我和桑亞下車查看。

「會說中文嗎？」桑亞走到紅髮女生的旁邊。

我則繞著斜停在路邊的白色 Honda Civic 一圈，沒有發現碰撞的痕跡，只是右邊前輪破了。

「妳叫什麼名字？」桑亞柔聲問。

「叫我……叫我小玲就好……」紅髮女生止住哭聲，拉高領口擦擦眼淚，「真不好意思，我、我不知道該怎麼換輪胎。」

「不會換也不需要哭呀。」

「……我、我不是因為這樣哭的。」

我想起來了，小玲就是昨天在沙灘和男友吵架的女生，連身泳衣換成了條紋棉衫和七分內搭褲，除了紅色短髮和嬌小的身材外都不一樣，我還是因為她在哭，聯想到吵架，才驚覺是她。

沖繩的治安很好沒錯，但一個女孩子孤孤單單蹲在路邊哭泣，不管安危、也沒找人幫忙，必定是有什麼大麻煩，絕對不是輪胎爆掉而已。

每個人有每個人不同的心事，桑亞不敢多問，一直使眼色，問我能不能替她換個輪胎。

「我替妳換。」我蹲在破輪邊觀察，「先打開後車廂。」

小玲拿出車鑰匙，桑亞看了後車廂，大聲說「備胎、千斤頂和扳手都有」。其實我也沒親手換過，趕緊用手機看網路教學抱抱佛腳，還好難度不高，應該沒有問題。

果然在我與桑亞同心協力的合作下，不到半個小時就搞定，小玲的車原地復活。

「謝謝。」車主道謝之後，又紅了眼眶，像是滿腹心事無處可講，「這原本……該是他幫我換的……」

短短一句話，卻夾帶不少訊息，拆開來解釋，「原本」就是以前有、現在沒有的意思；放在「是他」的前面，合在一起看，便是她的身邊本來還有一個人的，而這個人不在；最後「幫我換」還暗示了性別與依賴關係。簡單來說，有一位能一起旅行、值得依賴的男人不在了。

我和桑亞交換一個眼神，她的眼眸內都是感同身受的同情，我張大雙眼要她千萬別多管閒事。

她卻裝傻，直接轉過頭對小玲說：「妳要不要跟我們去吃飯，我知道附近有一家居酒屋很棒喔。」

「可以嗎……你們情侶出來玩，加上我一個被拋棄沒人要的東西，不太好吧？」小玲很想跟，我百分之百肯定。

「不是啦，我們不是情侶。」桑亞大笑幾聲，連忙揮手。

「……那、那我也想去吃。」

「好，妳開車，跟在我們屁股後面。」

顯然我的否決權根本就不存在，只能乖乖開導引車前往大叔的居酒屋，短短的路途中還被桑亞念了好幾句，什麼出門在外本來就該幫自己人、見死不救的人最差勁、女生都在哭了怎麼好意思不聞不問，反正一大串吧啦吧啦，假如此刻有其他人在，大概會以為我是個十惡不赦的千古罪人。

還好十分鐘就到了，我的耳朵倖免於難。

被誤認成情侶是有這麼可笑嗎？

大叔一看見我們來，立刻從廚房熱情招呼。

我、桑亞、小玲三人坐在最角落的四方桌，或盤腿、或坐、或跪，我們放縱的姿態像是在自己家，這就是旁邊沒有其他客人的好處。

沒過多久，侍應就送上三杯啤酒和招待的開胃小菜，桑亞的手才剛摸到酒杯，就被我撥掉，避免昨晚的憾事再度發生。

「聊天不喝點小酒，對不起小玲欸。」她很多理由。

「妳聊，我喝。」我喝了一口原本該是她喝的啤酒。

見到我板著臉，絕無妥協的模樣，她悻悻然地撇過頭去和小玲說話，表示不爽我獨裁的行為。

菜一道一道上，我獨自喝酒，聽她們說話，漸漸弄懂小玲難過的原因。

她和我一樣是臺北人，有一位從小認識的竹馬，兩人感情融洽一起長大。雖然彼此沒有承諾，但實際上跟男女朋友差不多，早就認定對方是不可缺少的一部分，原本到恰當的時機，會跳過交往直接結婚。

卻沒想到，在升上大一那年，這位竹馬居然交了女朋友，小玲很難過很痛苦，卻還堅持得住，因為她堅信一點，時間會證明自己才是最適合他的女人。

但再一次沒想到，幾年過去，到今年的十二月，痴痴期盼會回頭的竹馬沒有回頭，反而要跟女朋友結婚，一切再無轉圜的餘地。過去一起長大的情誼和寄託統統煙消雲散，什麼都沒了。

小玲負氣離開臺灣，只帶錢、手機、信用卡就跑到機場，打算逃避現實，隨便刷了張機票就飛到沖繩，直到與我們相遇。

我無法確認故事真假，無論如何，這都是個悲傷的故事。

因為男主角根本就沒喜歡過小玲。

「結果呢？」桑亞著急地問：「他都沒有找妳嗎？」

「他說，我不參加，婚禮就不舉辦。」小玲說到此，眉眼間似有欣慰，「所以，我永遠不回臺灣，他就永遠不會結婚。」

這結論實在下得相當……奇怪。

「而且我要在沖繩過得快快樂樂，每天在臉書上拍照打卡，甚至認識比他更好的男生，讓他嫉妒，讓他體會我的痛苦！乾！」小玲用自己的酒杯碰撞我的酒杯，也不管我有沒有反應，一股腦就倒進嘴巴。

「我知道妳很氣，但也別喝得太急呀。」桑亞皺起眉。

「管他的，反正我是死是活，不關他的事。」

「不至於吧，能說出妳不參加我就不結婚的男人，一定很在乎妳。」

桑亞試圖分析給她聽，可我知道，小玲早在喝第二杯時就已經醉了，說話顛三倒四，情緒過度激動，根本聽不進任何話。

然而，很神奇的是，桑亞和小玲的頻道似乎很接近，居然越聊越熱絡，還給我產生共鳴。

「我一個人到沖繩，還好有駕照可以租車，順利找到飯店……不過、不過，我又看不懂日文，也不知道該去哪，輪胎破了找不到幫手，只能一個人在路邊哭，還好遇見妳幫忙，要不然我就露宿街頭了。」

「放心，有我在。」

「我在沖繩受苦，結果他在臺灣的溫柔鄉裡享受，真不公平！」小玲抗議。

「分開的痛苦都扔給女人承擔，臭男人憑什麼過這麼快樂！」桑亞忿忿不平。

「沒錯！」

「我們專一，把所有託付給他們，他們得到一切後說斷就斷，用情比較深的一方，卻受到最多的懲罰，太不公平了。」

「說得好！」

「所以我們要玩得更快樂！」

她們同仇敵愾，只差沒義結金蘭、宣誓一同殺盡天下負心漢而已，我身為在場唯一可能的標靶，能低調就低調，盡量避免被亂箭射中。

「你。」小玲突然用不穩的手指戳我的臉，「請跟我拍照。」

「拍照？」我困惑。

「謝謝你。」

我還搞不懂這要幹麼，她已經繞過桑亞，跪坐在我旁邊，右手拿出手機高舉，左手攬我的肩，因酒精而火燙的臉直接貼上我的臉頰，然後按下拍照鍵，喀嚓一聲。

「等等，為什麼要拍照？」

「上傳，打卡啊。」

小玲的手指一點都沒有醉態，飛快地在螢幕上打字。很快，就有一張我和她臉貼臉的照片PO到臉書的狀態牆上，並且註明「沖繩的男人都好會喝喔，害我好醉，討厭～」。

這背後的暗示也太容易讓人誤會了吧……我心生不妙。

結果沒十秒鐘，手機就響起，她只瞥了一眼，直接關機。

我不曉得小玲一起長大的竹馬為什麼最終沒跟她在一起，不過他很在乎小玲，這無庸置疑。

能每分每秒都盯著對方的臉書，說心裡沒有她，絕對是不可能的。

這段插曲，桑亞只是在一旁沉默地吃著壽司，好像完全沒看見。

我摸摸額頭，只能看開，反正回到臺灣，大概不會再見到小玲，更別說她的竹馬，我吃點虧當個壞人，並沒有什麼損失。如果她在用這些看起來就頗幼稚的手段時，心情能稍稍好轉，那我也算功德一件。

「明明就比他大一歲，可是他總把我當小妹妹看待……」外表看起來真的很像高中生的小玲哀怨道：「所以我要一個人在沖繩生活，證明自己有獨立的能力。」

「類似……壯遊對吧？」和她同頻道的桑亞立刻知道語意。

「對對對。」

「加油喔。」

「謝謝，不過……妳怎麼會跟一個『男性友人』來沖繩玩？」小玲的話鋒轉得相當劇烈。

「因為……」桑亞頓了頓，沒轉頭看我，繼續說：「我和前男友分手，他和前女友分手，我們剛好一起來單身旅行。」

這藉口真的有夠離譜，笨蛋才會相信。我在心裡吐槽。

「原來如此。」不愧是笨蛋的小玲點點頭，再喝一口啤酒，「前男友是怎樣的人呢？」

「我們是在大一新生訓練的時候認識的，他和我同系同班，表面總愛裝作拒人於千里之外，實際上是個耳根子軟的好人。」

我有點尷尬，小玲放下酒杯，很認真地聆聽，害我更加尷尬。

「我是從雲南跑到臺北讀書，先不說舉目無親、無人可問，甚至連交通號誌都不太會看，全然陌生的環境，他幫助我熟悉，上課時給我筆記，放假時帶我去玩，久而久之……我就被攻略了。」桑亞噗哧一聲笑了出來。

我好想跳出來解釋，但又怕對號入座。

「他，很不錯呀。」小玲眼波流轉。

「不過他也有很多缺點，像是不解人意、愛看正妹、不懂得拒絕別人……」桑亞意有所指。

頓時，我滿身都是箭，還集中在臉上。

「這些缺點都還好吧，難道妳就因為這樣和他分手？」

「我和他分手並沒有原因，只能說是註定。」

小玲得到一個似懂非懂的答案，但她很機敏，沒有再繼續追問，逕自抬頭豪邁地將酒杯內剩下的酒倒進喉嚨，咕嚕咕嚕地喝掉，淡到近乎透明的酒液從她嘴角溢出流下，滑過下巴滴在胸口。

她放下空酒杯，握住桑亞的手，感激地說：「真的很高興能在沖繩認識妳。」

「我也是。」

「謝謝。」

小玲道完謝，乾脆俐落地垂下頭，撞在桌面上，一動都不動了。

「不會吧。」我雙手抱頭。

桑亞搖了搖她，接著對我笑道：「醉死了，酒量真差勁呢。」

「妳有資格講人家嗎！」忍了一整晚的我終於爆發，「為什麼明明就不能喝，還偏偏要喝呢？」

「因為心裡難受……」

桑亞站了起來，在我思索這句話是什麼意思之前，就去找老闆娘結帳。

我不知道該怎麼辦，只好呆呆地坐在原位。

「還不走，不累嗎？」繳完餐費的桑亞從後拍我的肩。

「我喝酒了，不能開車。」我淡淡地說。

「可是我沒駕照。」

「是啊。」

「那怎麼辦，總不可能把小玲扔在這。」

「她和我們住同一間飯店，但不知道房號。」能使用飯店的私人海灘，用猜也猜得到。

「喔喔，你、真、清、楚、啊。」桑亞笑著，好酸。

我的肩膀處有一股重力襲來，害我本來想解釋昨天在沙灘的所見所聞，又硬生生吞回去，免得越描越黑，坐實愛看正妹之罪。

至於小玲。

「唉……」

林柏泓最大的缺點，就是太容易喜歡桑亞。

第四日
愛情，五色令人目盲

昨晚背了女生回飯店。

今晚又背了女生回飯店，而且還不同人。

不知情者還以為我是臺灣來的撿屍專家，專門對醉死的漂亮女生下手。

我往上一抬，讓快滑落的小玲重新歸位，匡緊她大腿與膝蓋之間的部位，繼續向前邁進。還好飯店就在不遠處，已經能看到燈光。

「累嗎？」負責提包包和名產的桑亞走在我的後面。

「還好，比妳輕多了。」

「再講一次看看，小心我彈你耳朵。」

「唉……」我不知道嘆第幾次氣了。

「男生就是比較喜歡瘦瘦小小又可愛，其他高瘦胖壯的女生根本不入法眼，呿，膚淺。」

「妳可不可以不要替我捏造莫須有的罪行，然後再判我死刑。」

「我實話實說而已。」

「鬼扯。」

桑亞突然怪叫一聲，嚷嚷道：「喔！我看到了，你剛剛偷摸她的屁股，人贓俱獲。」

「放過我吧，別亂講……」根本累得連非分之想都辦不到的我苦著一張臉。

桑亞倒是笑得很開心，直到飯店的迎客大廳，她還是在笑，並且聲稱手機有拍到決定性的照片，等明天就要給小玲看，提供照片給她當成打卡的素材，同時附上我的真名、地址與身分證字號。

她隨口講講，竟然就是個讓我萬劫不復的陰謀。

「誰教你隨便跟人家貼臉，活該。」

扔下這句話，桑亞加快步頻，馬上超我的車。

她跑進飯店的迎客大廳，不知道要幹什麼，我晚她三分鐘左右抵達，把小玲放在休息區的沙發，覺得自己的骨架快散開了。

桑亞從櫃檯走過來，擔憂地問我。

「小玲的包包都在車上？」

「應該是吧。」

她為難地摸摸小玲的兩個口袋，只發現車鑰匙、幾張日幣和手機。

「這樣找不到小玲住幾號房。」

「問問櫃檯呀。」

「我只知道她叫小玲，怎麼問？」

我愕然，發現我們真的不是很瞭解這位紅色短髮的可愛女孩。

「那怎麼辦？」

「背回房間吧。」

「我們的房間？」這真的不是個好建議，我腦袋內的警報狂響。

「不然丟在路邊嗎？」她雙手一攤。

「當然不是，問題是……」

「走吧，女生都沒在擔心了，你一個大男人在擔心啥？」

每次當桑亞說出「走吧」，就是心意已決的意思，我也提不出更好的辦法，只好背起小玲，往我們的房間邁進。過程中接收到無數懷疑的眼神，還是靠桑亞一直比出喝酒喝太多的手勢帶過。

這個世界應該立個「酒量太差喝酒判無期徒刑」法，要不然昨晚搞定桑亞，今天輪到小玲，明天又會是誰？

進到房間。

先把醉死的女孩放在床鋪，過程中她還很不滿意被驚動，試圖踢我幾腳。

「好累……」我現在是沾到床就會睡著的狀態。

趁著桑亞還在整理戰利品的空檔，我趕緊抱著乾淨的衣服率先往浴室衝。此時連高級的按摩浴缸我都懶得使用，直接脫光，用沐浴乳抹遍頭髮、臉部、身體，然後直接用高掛的蓮蓬頭一次沖掉泡沫，期間我還順便刷好牙，三分鐘內搞定。

走出浴室時，我的眼皮已經半閉，如幽魂一般走到床鋪邊，才想起這房裡的唯一一張床已經被小玲占據。替她蓋好被子，我轉向沙發，卻再度發現桑亞正躺著休息，雙眼放空呆滯。

還好，我還有乾淨的地板。

拖著沉重的腳步，走到六十吋大的液晶電視下方，就地臥倒趴平，用浴巾當棉被蓋好，準備進入夢鄉。

半睡半醒之間，我發現有人躺在旁邊，而且還分掉我小到不能再小的浴巾。

我睜開惺忪的眼，翻過身想看到底是誰，結果下巴差點碰到桑亞的額頭，我們好像兩根被迫封在一起的竹筷，只是我不懂今天玩了一整天，她還有精力作怪？

「妳到底想幹麼……」我的嗓子微沉。

「睡覺。」她說。

「雙人床還能睡一人。」

「小玲渾身酒味。」

「沙發也能睡啊。」

「我會冷。」

「把冷氣調低一點。」

「我不會調。」

「房間這麼大，浴巾這麼多條……」

「我懶得找。」

「那這塊寶地給妳，我去睡沙發。」

我正要爬起來，馬上感受腹部遭到重擊，隨後支撐的手一軟，身體猶如中彈一樣，再度躺回去。

桑亞陰惻惻道：「不知好歹的東西。」

我搓揉痛處，馬上就屈服，況且現在是深夜，睡眠時間相當寶貴，不應該用來分析她這種突發性的怪異行徑。

空調的確是太冷，我縮縮身體，感受她傳來的溫暖，鼻子嗅到她髮絲好聞的香味，更是讓我的意識鬆懈，開始迷迷糊糊起來。

半睡半醒中，我似乎看見她拿出紅色的小筆記本和原子筆，緩緩地翻開，沒發出半點聲音，悄悄在上頭打一個勾。

在合上之前，因為比較高的視角，我不小心瞄到最邊緣的兩個字。

「睿杉。」

那是小杉學長的名字。

2

終於被落地窗外斜射的陽光晒醒，我抬手擋住害眼睛無法睜開的光芒，卻看見小玲頗有興致地蹲在我和桑亞旁邊，那眼神和觀察可愛動物區的小朋友一樣。

她不知道什麼時候回到自己房間去，洗過澡、換上一套新的衣物，紅色的短髮亮到不輸日光，神采流動的大眼閃爍著古怪的波光，嘴巴則是勾起一抹奸詐的笑，手裡拿著自己的手機。

「噓。」她要我別出聲。

桑亞還在睡，小巧的鼻發出淺淺的鼾聲。

小玲撥亂原本梳得順暢的髮絲，拉亂身上平整的寬鬆上衣，刻意露出左邊光滑的肩，讓上頭一條深藍色的肩帶變得相當突兀。

她準備完成，就地躺在桑亞旁邊，高舉手機自拍，將我們三人一起拍進去，成為一張兩女一男共枕眠的曖昧照片，然後上傳到臉書，也不知道是折磨了自己，還是折磨了那位遠在臺灣即將結婚的竹馬。

「玩得太過火，後悔的會是妳。」我淡淡道。

「你可沒資格說我。」小玲還在壞笑，似乎一眼看穿了我和桑亞奇怪的關係。

整個房間瞬間沉默，我們沒說話，雖然看著彼此，但心裡想的完全不一樣，各有各的思念，沒辦法被打擾，也沒辦法溝通。

「一大清早，你們的感情就發展到可以用眼神交流的程度了嗎？」桑亞醒過來，在我面前揮手。

「別亂講。」我撥開她的手，打算去刷牙。

「今天，我們去潛水吧。」小玲提議。

「在哪裡？」原本就要去海邊的桑亞很有興趣，顯然是臭味相投。

兩個人立刻用手機上網，查詢相關的資料並且分享，有說有笑還會互相吐槽，我開始好奇，她們感情變好的原因究竟是什麼。

有一種說法是，只要處在語言不通的環境，人自然會尋找語言相通的人來溝通，被強迫加強交流，所以出國參加旅行團容易認識朋友的原因就是這樣。

不過桑亞和小玲，我倒覺得是個性相近，都帶有一種反常的固執，而且隨興不羈。

有小玲在，桑亞似乎比較有話聊，一起去玩也沒有壞處，反正就當成迷你旅行團，我沒有任何意見。

還好她們都不是很拖沓的女生，衣服換一換，東西拿好，鞋子穿上就出門；不用化妝，不用挑飾品，馬上整裝完成。

我們先去吃了早餐，再一起走到居酒屋去取車。

將目的地輸入GPS，前兼久漁港並不遠。我打開敞篷，讓沖繩清爽的風吹亂桑亞和小玲的髮絲，她們忙著觀賞沿海的瑰麗景色，沒發現我微微超速。

不到三十分鐘就到達目的地，我們一起下車，在附近找潛水店，租了三套潛水裝備，付錢給了一位年輕的教練，讓他帶領我們冒險。

接著，從漁港搭船，前往號稱異世界的「藍洞」。在船上時，教練一直用英文交代注意事項，桑亞很認真地傾聽，倒是我跟小玲英文不是很好的關係，從頭到尾都把自己當個觀光客，欣賞在臺灣看不到的清澈海景。

小玲用手機拍照，想當成回憶，而我只用雙眼擷取這片湛藍，將美景化成記憶，存放在大腦，而不是記憶卡。

天和海藍到我快分不出差別，船帶起層層的白浪，直到咖啡色的斷崖出現在視野內，才提醒驚嘆失神的我是來浮潛的。

一整面斷崖中間破了個洞，這就是傳說中絕美的藍洞，老實說讓人有點失望。

船上載了十人左右，其他潛水店的教練帶著自己的顧客一一下水，我們則是排在最後面。

桑亞和小玲都很緊張，面鏡下的臉好嚴肅，所以我站在她們面前，打算先下水。在跳進整片深不見底的藍色前，忽然有人拍了我的肩，反射性地回過頭，發現是小玲，她要我小心一點。

我報以微笑，緩緩地進入海中，感到一股冷意襲來，防寒衣根本就擋不住海洋深層的低溫。

桑亞和小玲也相繼入海，我們跟著教練慢慢地浮進藍洞內。

出乎意料之外。

映入眼簾的是超乎想像的美麗。

我錯了，剛剛以貌取洞的我錯了，藍洞內的藍，恐怕是我此生看過最驚豔的畫面。

海蝕洞的地形，讓陽光光線在裡頭折射，逃不出去的光，被困在洞內，造就出鬼斧神工的藝術作品。

整個洞內只有純粹的藍，卻藍得千變萬化，窮盡各國語言也無法正確描述這裡有多少種藍色。

桑亞很興奮，到處浮動，貪心地想把每個角度都看一遍。

小玲看得痴了，她呆呆地抓住我的手臂，漂在我的身後，藍洞似乎美得令她害怕。

猶如置身仙境，所有煩惱都被拋諸腦後，彷彿人世間的恩怨在此都不值得一提。

「要是他……也能來看就好。」小玲喃喃道，那個他當然是指心上人。

「和好以後再來看一次吧。」我開始划水前進，拖著小玲一起。

整個藍洞比想像中深，十來人在洞內，分散得很開，各自找到各自的點，拍照、聊天、休息都有。桑亞比較像過動兒，亟需照顧，教練跟在她的身邊以防她衝過頭，我與小玲在後面跟著。

利用面鏡和呼吸管，我的臉泡在水裡，看到七色斑斕的各種魚在游，我四處張望，發現是附近其他的遊客在用麵包餵魚，所以魚兒們才從我的眼前疾駛而過，趕著要去填飽肚子。

我試圖伸手摸，沒有成功，但仍喜悅地欣賞牠們游過的瀟灑姿態。

頭探出水面，拿掉呼吸管，呼喚道：「快看，下面一堆魚。」

結果原本跟在我後面的小玲沒有回應，我猛然回過頭，發現她不知道跑到哪去，正準備大喊前方五公尺遠的教練時，瞥見右後方的水面有不自然的波動。

我咬住呼吸管，進入水裡，立刻看見小玲的蛙鞋被珊瑚礁還是礁石之類的硬物卡住，無法上浮，苦苦掙扎，她有背氣瓶，按理說呼吸不成問題，但因為驚慌失措的關係，沒辦法冷靜地排除麻煩。

漂在水面，我撥水游過去，還沒弄清楚是什麼狀況，小玲立刻猛力抓住我，猶如抓住溺水前的最後一根浮木，我不得不撥開她的手，結果在彼此無法溝通的情況下，她大概是誤以為我準備見死不救吧，手開始亂揮、亂打，讓處境變得更加危險。

小玲越來越害怕，完全沒看見我在搖頭，甚至還不經意扯到我的呼吸管。

我馬上使力抓住她的手，用會痛的力道搖晃，小玲才比較冷靜。

趁這個機會，我往下沉去扯她的左腳蛙鞋，然而卡得太緊，加上浮力作祟難以施力，一時之間也拔不出來。

小玲已經怕到要哭了，這下子反而更危險，我只好拆掉蛙鞋的鎖扣，抱住她上浮，放棄掉一隻蛙鞋。

甫露出水面，她抽掉呼吸管，抱著我直接哽咽，附近不知情的遊客紛紛看過來，好像我幹了什麼壞事。

「手、手機……手機還在下面……」

「我看看。」

此時，教練和桑亞已經一同游過來，代表小玲安全無虞，我輕輕掙脫她的雙臂，潛入水中，發現手機掉在石縫中，卡得不深，可以輕鬆拿到。

我嘗試再下潛，不過強大的浮力讓我連連受挫。會游泳不代表會潛水，到現在我才明白這是真的，一而再、再而三的努力還是失敗，手指和手機的差距永遠都是一公尺左右。

後來，是教練下去撿回小玲的手機和蛙鞋。我看他輕鬆寫意的模樣，還以為是天生神力所造成的能力差距，卻沒想到是我沒調整浮力調節器，像個傻瓜一般用蠻力對抗浮力，當然以出糗收場。

小玲拿到手機後破涕為笑，大概是覺得自己太容易哭，不好意思地向桑亞和教練道歉。

教練確定我們沒事，才繼續帶我們導覽，而他這次緊緊盯住小玲，就怕她又出什麼意外。實在不好意思再製造緊張的氣氛，我們變得很乖巧，不敢到處亂跑，連大聲說話都不太敢。

這趟藍洞之旅，就在大家小心謹慎的態度下結束，教練用防水相機替我們拍不少照，可以回潛水店拿燒錄的光碟片，紀念難得的經歷。

我們坐船回去，幾乎是精疲力盡，連聊天都好累，回到漁港要走到潛水店的這段路更是腳步虛浮，四肢痠軟無力。才中午而已，我就已經好想回飯店休息。

大家得排隊沖洗更衣，於是我和小玲坐在潛水店門外的長條木椅，渾身溼漉漉的，在宜人的氣溫中感到寒冷。

小玲拿著大毛巾擦拭頭髮，嘴脣有些泛白，臉蛋沒多少血色，不知道是因為冷還是剛哭過的關係。

「幫我。」她挪動屁股，讓背面對我。

我替她拉下防寒衣的拉鍊，就跟剝蝦殼一樣，裡面慢慢透露出整片如雪糕般的肌膚，以及一條紅色比基尼的綁帶，我趕緊鬆手，移開視線不敢多看。

「幹麼？」小玲發現我的異狀，害臊地說：「這整條街的女生都這樣穿，又沒什麼大不了，你表現得太刻意，反而、反而讓我很尷尬啦。」

「……抱歉。」我還是沒移回視線，只是瞪著前方馬路。

「大驚小怪欸你。」她站起來繼續脫，上半身僅剩單薄的泳衣後，發現會冷，才打消脫下半身的想法。

我們之間靜了片刻，她拿出手機愛惜地在肚子上抹了抹，雙眼專注在螢幕，用來打發時間。

原本以為，她不想跟我說話，結果卻突然開口。

「謝謝。」

「……只是替妳脫掉蛙鞋而已。」

「是謝謝你替我撿手機。」

「也沒成功。」

「依然謝謝，畢竟要是遺失了，我應該會瘋掉吧……」

我不知道為什麼解救她脫困還不如撿回一支手機。索尼的防水手機，據我所知空機大概一萬多元，說便宜當然不便宜，但也不至於貴到無法放棄。然而人人的價值觀不同，我不會多問。

「你一定偷偷笑我笨，為了撿手機，害自己的蛙鞋被卡住，被卡住後又慌張到不知道該脫下，不知所措得以為自己會被淹死。」她無奈地說。

「沒有。」好啦，有一點。

「沒關係，這次就給你笑免費的。」她珍惜地將手機貼在臉頰，回過頭來對我燦笑，失色的嘴唇頓時有了嫣紅。

「我身為一名外貌協會的資深會員，實在不明白，居然有人可以拋下妳去娶別人。」我雙手抱胸，以單純鑑定美貌的角度分析，「難道他是同性戀？」

小玲沒理會我的瘋言瘋語，低聲問：「難道你喜歡桑亞，也是因為她漂亮的外貌嗎？」

「我不喜歡她。」我嚴正否認。

「好，難道你過去喜歡桑亞，也是因為她漂亮的外貌嗎？」

「當然是。」

「才不是，你會用這種理由，單純是要逃避現實。」

「我們認識不到四十八小時……別自以為能看透我。」我嗤笑。

「你不斷說服自己不過是喜歡桑亞的外表，但這只是假裝灑脫，掩飾自己其實愛她愛得要死而已。」小玲聳聳肩，讓我懷疑她高中生的外殼是偽造的。

「妳今年幾歲？」

「我是不是說對了？」

「妳先說幾歲。」

「你先說。」

「不對，妳完全猜錯方向。」

「是嗎……」她垂下肩膀，眼神內尚有懷疑，「大學畢業幾年了，已經到了不能輕易說出年紀的年紀。」

「我以為妳不到二十……」

「你不是第一個這樣說的，小弟弟。」

小玲一點高興的感覺都沒有，好像並不喜歡自己的童顏。她俐落靈巧地轉動手機，讓十公分長的扁狀金屬在指縫間翻飛，人家是轉筆她是轉手機，這一手讓我很佩服……

到一半。

手機突然震動，她尖叫一聲，在我以為難逃一劫、螢幕即將親吻大地之前，竟然被她迅速的食指和中指夾住，然後若無其事地解鎖，看看自己收到什麼訊息。

我當然不會去偷看內容，但她原本面無表情的五官不自覺地笑開，讓我開始感到好奇。究竟是什麼魔力，能讓這兩天都很憂鬱的小玲，發自內心地笑出來，不是客套或禮貌的那種笑。

「家人？」我試探地問。

「是他……」她口中的「他」當然是指遠在臺灣的心上人，「他說他已經整整四天睡不到三個小時，懇求我回去。」

「嗯嗯。」

「不過誰理他啊，報應！」她忽然臉色一沉，不滿地把手機放進背包內，彷彿連多看一眼都討厭。

「瞭解。」我點頭，一直點頭。

所有的疑問都一掃而空，好奇心全部被滿足。

關於小玲幾個奇怪的言行舉止統統得到了解釋，縱使她口頭上不停地說自己多痛恨、多怨懟遠在臺灣的竹馬，甚至用各式各樣負面的形容詞將他描述成負心漢，都不代表她不愛他。

原來，她手中的扁狀金屬並非手機，而是和他唯一的聯繫。

我、小玲、桑亞隨意找了間麵店吃蕎麥麵當中餐，一坐就是兩個小時完全不想動。大家很有默契地發愣讓四肢休息，畢竟首次浮潛所帶來的疲勞超乎原本的預計，連一向如過動兒的桑亞也不再過動，一手撐著下巴，望向麵店窗外的馬路。

原本我想提議，乾脆回飯店歇息，不過小玲快我一步，把發亮的手機推到餐桌中央。

「充電完畢，該往下一個景點去了吧。」

「……我是想回飯店。」

「一個大男人，軟成這樣丟不丟臉啊！」

我假裝沒聽到她的吐槽，也看向窗外。

小玲旋即改問桑亞道：「妳跟不跟我去，這個點好玩。」

「我……我也很累，晚上還有事。」

「難得來到沖繩，你們太沒用了！『美國村』是超有特色的購物觀光點，不去一定會後悔。」

「可以買紀念……品嗎？」桑亞遲疑。

「當然啊，一整條都是。」小玲指了指自己的手機螢幕。

桑亞立刻拿起來看。我心知肚明，大勢已去，已經不可逆轉了。

「沒錯，難得來到沖繩，不去逛逛美國村實在太罪惡。」她一掃頹態，神清氣爽。

「這頓我請，Go Go Go！」小玲拍我的手，要我去開車過來。

因為她們的雙腿必須儲存體力，現在少走一步，等等就能多逛一步，所以把車開到店門口當然是我的責任。

帶著疲累感上車，我還得擔任司機，用GPS找到前往美國村的路徑。她們在後座聊得不亦樂乎，上網看人家的遊記，設定出一套自己的專屬逛街路線，豪氣干雲地說，這七間店一定都要逛到。

我曾經問過桑亞，為什麼如此熱中逛街買紀念品？而且還極其認真，用盡心意地挑選。她買的紀念品大部分都是送給親朋好友，還仔細包裝，寫上收禮人的名字，自己沒有多留。

她的行為，早已不能膚淺地用「女生就是愛逛」當作答案。

所以我很好奇。

她說：我希望收到的人，可以在看見紀念品的時候想起我。好悲傷的原因，這是聽見答案的當下，我唯一的感覺，而且不知道為什麼會這樣覺得。

在回憶的過程中，我已經把車開到美國村附近，她們一起下車，不像朋友更像是戰友，雙眸中都閃爍著奇異的精光。

跟在她們屁股後面走著，我拿手機查查資料才知道，美國村是個很有意思的地方。因為附近是美軍基地的關係，於是在沖繩當地發展出美國特色的文化商業區，成為觀光客必來的景點，還有個大型的摩天輪成為最顯著的地標。

異國中的異國風情，帶著點浪漫的色彩。

桑亞蓄勢待發地瞧了我一眼，商量道：「有間藥妝店在比較遠的地方，我一個人去替媽媽和妹妹買點保養品，這個月底剛好能順便寄回雲南。」

「不要我陪妳去？」我問。

「分頭買比較快，早點逛完，可以早點回飯店休息。」

對於逛街這件事，她何時需要休息了？會這樣婉轉地講，單純是體諒我這三天太操勞，總之，這是她特有的古怪溫柔吧。

「好。」我應了聲。

桑亞比出大拇指，振奮一下不知道誰的氣勢，就往反方向小跑步離去。

現在就只剩我與小玲，面面相覷。

「我在前面的咖啡館等妳。」那妳自己去逛吧，這才是真正的意思，我說。

「你當然得陪我，一個人逛超無聊。」一個人提袋子超重，這才是她真正的意思，我猜。

「我、我很有聊……」我垂死掙扎。

「別忘記，桑亞可是把你託付給我喔，要是你走丟，被壞蛋拐跑了，我怎麼跟她交代！」

「……」我無動於衷。

「好嘛，就請你行行好，當我的免費保鏢行不行，這裡人那麼多，萬一我遇見壞人怎麼辦？」

「妳就是要我當免費的挑夫吧？」

「不可以嗎……看在我們一起自拍合照的分上呢？」

「是是是，走吧，別再拍了……」

我很容易被說服，尤其是女生，更別說像小玲這種從骨子裡洩漏出狡黠的女生，三兩下就能牽著我的鼻子走。

下午，接近日落，美國村猶如被抹上一層橘子醬，炎熱的太陽沒了，取而代之的是徐徐海風，逛起來比想像中舒服。不過人潮也因此多了起來，常常不小心就碰撞到其他遊客。

我們走進一間賣海灘鞋的店，很特別，整家店滿滿都是各色各款不同的海灘鞋，彷彿不買個一雙，就等於沒來過美國村，店門外甚至有等人高的海灘鞋模型供人拍照。

小玲和我一起看上五趾型的鞋底，不過她要紅色、我要藍色，圖案也不一樣，拿去給店員替我們穿上紅藍兩色的鞋帶，客製化的夾腳拖就完成了。小玲還催促我直接換穿，享受一下沖繩的休閒氣息。

我扶住她的手，讓她單腳支撐穿脫，再來換她伸出細細的手臂要讓我支撐。我笑著說不用，然後挺滿足地換上新鞋，十根腳趾擺脫運動鞋透透氣，逛起來覺得舒適很多。

再來我們到一間屋頂呈不規則波浪狀的店，原本還猶豫要不要進去，結果小玲硬拖我進去，才知道裡頭是賣衣服的。

之前在國際通買了不少，於是我這回只有看沒有買，卻沒想到她主動送我一件Q版風獅爺的T恤，讓我相當意外。

「不用啦。」我搖頭。

「小弟弟，又沒多貴，姊姊買得起。」小玲不知道什麼時候也換上一件相同款式但顏色不同的T恤。

「我自己買就好。」

「我結好帳了。」

「不……我還給妳。」

「你好囉嗦。」她直接踮起腳尖，攤開T恤套進我的頭，再拔掉商標不讓我退。

「……謝謝。」我低頭觀察，發現尺寸好合。

小玲滿意地微笑點頭，好像為弟弟挑了件合適衣物的姊姊。她皺起一邊的眉，擰擰鼻子，然後繼續點頭，這整個姿態，讓我第一次深切地認知到，她並不是個女高中生，不能用對小妹妹的方式對她。

之後，我們並肩逛著規模不小的超市，她買個不停，連帶我也買了不少，大多是晚上可以吃的零食。走出超市時，發現天已經有點暗了。

雖然挺累人，但心中暗暗感謝小玲沒讓我漏逛這個不像沖繩的沖繩、不像村子的村子。

因為人多走走停停的關係，我們逛得特別悠閒，有的時候就乾脆站在原地不動，等看滿意才走。

準備前往下一間店之前，我打算去廁所一趟，她剛好要去買杯飲料，我們約在愛心造型的石敢當等。

五分鐘過後，我走去找她，卻看見一個很奇妙的畫面。

小玲站在石敢當前，旁邊有兩位年輕男性正在跟她說話。

這該不會是……

一時間，我說不出個所以然來。

我判斷他們是當地的大學生，長得還挺帥氣，正一搭一唱地對小玲說話。

小玲滿臉通紅，雙手不自然地扭在一塊，不停用支支吾吾的英文夾雜日文回應。

雖然我站得太遠聽不清楚他們的對話，卻依稀知道她很為難，還不停地揮手搖頭。

我的腦袋立刻浮現出不管是電影、連續劇、漫畫、小說都會出現的老梗橋段，女主角被地痞騷擾，男主角看不下去挺身而出，帶著女主角脫離險境。過程中當然是滿滿的男子氣概，有如英雄的化身。

好，現在女主角小玲八成是陷入被兩位男生騷擾的狀態，那男主角是該出來救美了吧，我四處張望，霍然驚覺男主角不在，就只剩我。

「咳咳……」我低下頭，直接插進他們中間，把嬌小的小玲擋在背後。

眼前兩位男性一愣，隨即收起笑容，彼此用日語交談。

我一句話都聽不懂，就只是面無表情地站立，不讓不動不退，簡直和人形石敢當一樣。

他們一個搔頭、一個嘆息，再對我說幾句我根本聽不懂的日語，悻悻然地轉頭就走，大概是不想鬧事吧。

我偷偷鬆一口氣，萬一真要打起來，我手無縛雞之力，絕對會被修理得很慘。

「喂！」背後的小玲捶了我一下。

「幹麼？」我回過頭，看見她嗔怒的表情。

「來到沖繩這麼多天，好不容易有可愛的男孩子搭訕我，你在那邊擺張臭臉幹麼！」

「……」我啞口無言。

「說話呀，別裝死。」小玲沒放過我。

「我是看妳……紅著臉，一副為難的樣子。」

「拜託，我總是要裝個嬌滴滴的模樣啊，不然嚇跑他們怎麼辦？」

「……」

「都快要到他們的信箱了，你看你怎麼賠我！」

「……抱歉。」

「把浪漫又珍貴的異國戀情還來啊！」

「那我……去把他們叫回來。」

沒想到我林柏泓生平第一次搭訕路人，就發生在沖繩，而且對象還是男的。

我苦著一張臉，朝他們離開的方向望，雙腿像灌了鉛。

「算啦。」小玲口氣雖不滿，但抿起脣，似笑非笑，沒原先那麼生氣，「人都走了還叫回來，是當我這廚房嗎？」

「謝、謝謝……」話說，我為什麼要道謝？

「請我吃冰就原諒你。」

「什麼口味？」我好乖。

乖的原因是經過縝密的衡量後，發現乖乖讓她吃冰，比較省事省力。漸露本性的小玲正是我最不擅長相處的類型。

「最可愛的口味。」她說，差點讓我招架不住。

但又不得不去，路上順手買了條熱狗充飢，特別找到最多人排隊的冰淇淋專賣店。慶幸的是，這裡的冰都相當可愛，輕巧的容器加上獨特的口味，一看就是女孩子會喜歡的。

我看不懂日文，所以直接指了粉紫色的冰淇淋，大概是葡萄口味吧。

結果小玲吃下第一口，告訴我是紅芋。

她氣惱地瞪我一眼，擺明在抗議紅芋絕對不算可愛，我瞬間腦中生成能證明紅芋很可愛的十種方式，她卻沒有開口抱怨，而是把我的熱狗搶來折成一半，把吃掉一球還剩一球的甜筒杯給我。

「一人一半，有難同當，有福同享。」小玲解釋。

我不知道這突如其來的革命情感是怎麼回事，但很有趣，不禁使我笑了。

「對嘛，出來旅遊就是要笑呀。」她嚼著熱狗說：「像你這幾天皮笑肉不笑的，一副超多煩惱的樣子。」

「誤會。」

「是誤會就好，要不然花錢旅遊找罪受，未免也太蠢。」

「這趟旅遊是免費的。」

「免費的!?」

「嗯。」

我邊吃冰、邊告訴她抽中旅行社大獎的事，從頭到尾清楚交代，沒有半點隱瞞。半晌，小玲沉吟道：「要不是你真的在沖繩，而且沒花到錢，我會以為是詐騙集團。」

「是啊，一開始我也這樣認為。」其實至今我依然覺得怪怪的，更怪的是，我說不出哪裡怪。

「先撇開所有疑問，不管是不是詐騙，這趟旅程你會有所收穫的。」

「鐵腿嗎？」我摸摸過度使用的腳。

「最少你跟桑亞……可以有個新的開始。」她語氣一沉，又咬一口熱狗。

「不可能，分手就分手了，相同的錯誤不可以再犯第二次。」我很坦白。

「兩個人一起旅行、住在同一個房間，說沒有意思，沒人會信。」

「我剛剛解釋過，一切都是旅行社安排的。」

「你可以用各種理由騙自己，逃避自己的真意，我沒意見。」小玲舔舐著泛油光的上脣，半截熱狗已經消失。

不想被誤會的我慎重解釋道：「我沒有騙人。」

「逃避是最輕鬆的，所以你選擇逃避。」小玲雲淡風輕地說。

「才怪，妳根本不知道當初選擇分手的我有多難熬。」我差一點就忍不住講出分手後那段行屍走肉的過程，林柏泓人生中最愚蠢的時期。

「大錯特錯。」

「錯在哪？」

「永遠喜歡著同一個人，才難熬。」

她說出這句話的時候，連看都沒看我，只是默默地抬頭，凝視黑色卻沒有星光的天空。

得癒合多少傷口，得幾夜輾轉難眠，才下得了這段看似簡單、卻又深刻的結論。

關於小玲，我並不知道她和竹馬之間的詳情，但假設他們國小就認識，一起上國中、高中、大學，這十幾年時光所累積的感情，會重到我無法想像。她的身軀嬌小，卻擔得好穩。

我沒辦法反駁。

「妳都沒嘗試放下嗎？」我問。

「你認為你真的放下了嗎？」她反問。

「是啊，用了一段時間。」

「還在騙。」

「我看得很開了，桑亞與我之間沒剩下什麼。」

「你雖然這樣說，但萬一她出事情，不管多遠多難，你還是會飛奔而去吧。」

我失笑，果然桑亞沒告訴她我們分手的原因是什麼。

多遠多難，這四個字聽起來相當諷刺。

「你知道桑亞去藥妝店多久了嗎？」小玲忽然站起來。

「對，她呢？」

我馬上拿出手機來看，已經快要兩個小時，她居然已經消失一百多分鐘了！不對勁，桑亞即便逛街逛到忘我，也不可能到這種程度。

點開通訊軟體，也沒收到她的訊息，趕緊扔幾張貼圖給她，但等了五秒連已讀都沒，迫使我直接用語音通話找她。

我們的門號沒有國際漫遊，只有另外申請網路，還好日本的網路普及是世界級的，所以我能撥出。

沒接，我連續打了七、八通，桑亞依然沒接，不管我打幾次她都沒接。

眼看天已黑，美國村的人潮不減反增，更多閒暇的觀光客來此，說不定她真的遭遇大麻煩。

「手給我。」

小玲一聽到我說，反而縮起雙手，表情有些不安。

「拉好我的手，避免再走丟。」

「喔……」

不管三七二十一，我拉起小玲的手，立刻就往人潮擠去。藥妝店在另外一端，我們得穿過整個觀光路線，要是因此再弄丟小玲，我絕對會活生生累死。

美國村說大不大、說小不小，雖然是沖繩極出名的觀光景點沒錯，但這人潮未免太離譜，還好我個子比較高，可以看清楚附近發生什麼事。倒是小玲就比較辛苦，臉剛好在成人男性手肘擺動的範圍內，要是我不護著她，恐怕會被揮得鼻青臉腫。

「原來現在有活動。」我沿著人潮移動的流向看見活動的巨型看板與橫幅。

「人、人真的好多……」小玲似乎有點怕。

「但沒辦法，抱歉。」我懊悔自己太粗心，導致眼前的問題。

真的很可恥，兩個人一起出來玩，其中一個不見我卻渾然不覺。如果今天反過來是我走失，桑亞一定早就發現，不管分不分手、不管是朋友關係還是同學關係都一樣。

帶著小玲，我們移動偏慢，還得找人少的空隙鑽，原本直線的路徑變得九彎十八拐，耗費的時間成倍數成長，我漸漸開始焦慮，壓迫感和內疚感逼得汗水沁滿整個掌心與背部。

好不容易到達桑亞說要採購的藥妝店，卻沒看見她，連個能說中文的人都沒發現。我跟店員用不相通的肢體語言比來比去，完全徒勞無功，想調出監視錄影，又覺得對方不可能幫忙。

我只好繼續帶小玲在美國村內四處搜尋，直到天徹底黑了，明亮的路燈和招牌亮起五顏六色的光，也無法讓我蒼白的臉多一點血色。我開始衡量是不是乾脆報警，請求更多的幫助。

是小玲按住我的手，用眼神阻止。

沒錯，還不到這麼嚴重的程度，桑亞可能被什麼事情耽擱了，我得冷靜推敲出她可能去的地方，但線索實在太少，環境又陌生，導致腦袋內一片空白。

要是我當初偷看她的筆記本就好了，畢竟上頭記錄著她來沖繩必做的二十件事，說不定就能按圖索驥，找到桑亞身在何處。

小玲突然抽回手，將我從思索中喚醒。

這突兀的動作，立刻讓我想到是我的手汗，使她感到噁心的關係。

「抱歉……」我尷尬地在T恤的衣襬擦手。

可她似乎不是在意這個，而是看向馬路的另一端，整個人僵住不動。

我疑惑地跟隨她的視線往馬路對面看去。

在偶爾會被來車切斷的視線中、在霓虹招牌的璀璨光芒內，出現的是我苦尋不得的桑亞……

以及久違的小杉學長。

睿杉。

人生就像吃冰淇淋一樣，很容易被顏色給誤導。

第五日 假作真時真亦假，無為有處有還無

「妳……學長，妳和學長，為什麼……會……」我不知道自己在說什麼。

「你們，是穿情侶裝嗎？」我也不知道桑亞在說什麼。

小杉學長立刻揚起大大的笑容，給我一個大大的擁抱，讓我恢復神智，欣喜地拍拍他的背。

真的沒想到，他畢業之後，我們不是在臺北開同學會時見面，而是在沖繩美國村的馬路邊。

小杉學長是個無懈可擊的好人，是我大學三年最尊敬的人，幫過我的忙多到數不清楚。誇張地說，如果他每幫我一次可以收十塊錢，那他大學未畢業前就是百萬富翁了吧。

「你怎麼會在這？小杉學長。」我問。

「叫我睿杉就好，不要再小杉了啦。哈哈，這外號蠢死了。」他爽朗地大笑，一如過去的帥氣，「就差一歲，別故意把我喊老啊。」

「好，你怎麼會跑來沖繩？」

「一下班，行李帶上，就搭飛機來啦。」

「這麼巧？」

「當然不巧，是桑亞前幾天打電話，希望我來沖繩陪你們玩幾天。」

「原來如此。」

我看向站在一旁默不吭聲的桑亞，偷偷鬆一口氣，整個人又倦又無奈，去接睿杉就去接，為什麼要搞出失蹤戲碼，連電話都不接，刻意製造麻煩。

「害我以為妳失蹤了，找遍整個美國村。」

「嗯。」她淡淡應了聲。

「桑亞想給你驚喜吧。」小玲站出來打圓場，對我解釋道：「她故意要我分散你的注意力，趁這段時間去機場接人。」

看來她們早就約好了，一個負責轉移我的注意、一個趁機去機場接人，然後給我一個不知道是驚比較多還是喜比較多的驚喜。

見到睿杉當然是很高興沒錯，不過緊接在桑亞失蹤的擔憂之後，我就很難真正開心起來。

「好啦，我們先去吃個晚餐吧。」睿杉一手搭著我的肩，「沖繩我不熟，你們知道好吃道地的餐廳嗎？我請客！」

「我知道，有一間居酒屋。」小玲舉手，笑道：「連我一起請，就帶你去。」

「桑亞的朋友就是我朋友，當然一起請啊，在車上我們再好好互相自我介紹一下。」

「好的，請順便跟我合照。」

睿杉一愣，雖然疑惑卻旋即答應。他沒有多問，便在上車前和小玲合照，照片的功能當然是上傳到臉書，塑造她在沖繩到處遇見男人的假象。

我們四人共乘一臺車，目的地還是大叔的居酒屋。即便難得出國應該多吃幾間餐廳，不過大叔的親切感和在地化的口味，實在值得推薦給睿杉吃吃看，於是我們沒人有異議。

車程有段距離，後座多了睿杉像多了十個人，因為他的幽默和易熟特色，立刻便融入了我們三人小隊。儘管小玲和他第一次見面，依然沒兩三下就被逗得花枝亂顫，滿車都是笑聲，比之前大家上車就睡的沉悶好上太多。

睿杉是個完美到令我嫉妒不起來的人，我微笑著透過後照鏡看向後座。一年不見，他穿著上班用的襯衫和西裝褲，乾淨沒鬍碴的臉和一直以來都有在維持的身材，右手腕以一支三十幾萬的歐米茄錶點綴，清爽中帶有沉穩，樸實中帶有貴氣，我要是女生二話不說也想嫁給他。

簡單講，每個男生或許會嫉妒外貌受女生喜愛的朋友，但絕對不會去嫉妒金城武，因為等級相差太多，會讓自己的小度量變得更加可笑。

當我們一起走進居酒屋的大門，大叔和老闆娘一見就笑開了花——「你們還來？」、「吃不膩嗎？」、「怎麼不去其他地方吃？」、「把我這當停車場喔？」幾個吐槽式的問題，雖然礙於身分無法明講，不過都融進和藹的笑容內，相當清楚。

睿杉身為金主，豪氣地連點十幾道菜，而我則搶先聲明今天禁酒，誰喝醉我就直接丟包在路邊，桑亞和小玲哼了幾聲表示抗議。

大叔特別替我們加菜，當我看見滿桌的美味料理，也不禁猛吞口水，大快朵頤起來。

大家邊吃邊聊，已經快一年沒見到睿杉，自然有很多事情想問。

「你有女朋友嗎？」含著筷子的小玲單刀直入。

「這樣問……太尷尬了。」桑亞搖搖身邊的女孩。

睿杉倒是很大氣，抬頭挺胸說：「我已經很久沒喜歡人了，當然仍是光棍一枚。」

「多久啊？」小玲很好奇。

「大學畢業。」

「你在日本工作，都沒有欣賞的女孩嗎？」

「是呀。」

睿杉搔搔頭，一副遺憾的蠢樣逗得我們同時笑出來。這個尷尬的話題就這樣被巧妙地帶過，不過氣氛依舊熱烈，彷彿有說不完的話題。

他總是個焦點人物，不管是在系上還是在此時的餐桌。

大叔親自端來一盤號稱私房菜色的明太子馬鈴薯，我已經吃了八分飽，店內的客人僅剩三桌，大廚終於有時間出來溜達。

他和睿杉聊了幾句，便有一見如故的味道，兩個活潑外向的男人似乎碰出不少火花；小玲時不時捧腹大笑，好像終於擺脫遠自臺灣的陰影，沒有再點觸手機螢幕查看是否有新訊息；桑亞則從頭到尾都保持著欣喜的微笑，能見到久違的好學長，會這樣子並不奇怪。

倒是我，笑得太久，感覺累了。

偷偷摸摸離開座位，走到居酒屋外的人行道，找一根路燈坐下，頭依靠在冰冷的金屬表面，能讓我的大腦稍稍冷卻。

思索幾個小時前，小玲對我說的話。

「逃避是最輕鬆的，所以你選擇逃避。」

我百思不得其解，自己到底是逃了什麼？

桑亞是我人生中第一位追求的女孩，也是唯一一位交往過的女孩，和她分手我當然失落了一段時間。可是我勇於面對，在同宿舍的朋友幫助下，一點一滴、一步一步走出情傷。

她怎麼能說我逃避？

「喂！」

背後傳來喊聲，我嚇了一大跳。

「對不起。」她邊道歉、邊踢我的腰。

我連回頭都不用，甚至連耳朵捂住都可以，光從這腳的角度和力道判斷，我就知道是桑亞。

「我都道歉了，你也要跟我道歉啊，欸！」她再踢。

「找妳找不知道多久，我還要跟妳道歉喔。」我扭扭身體撞開她的腳。

「你跟小玲甜甜蜜蜜穿著情侶裝和情侶鞋，甜甜蜜蜜牽著手，甜甜蜜蜜漫步閒逛美國村，是有多辛苦？」

「我不想跟妳吵。」

「好，請你借我踢幾下。」

「妳早就在踢了啊！」

我右手攬路燈、左手摸摸被踢的後腰，雖然不是很痛，仍苦著一張臉。

「我以為學長來，你會很高興，所以請小玲拖住你，替我爭取一段時間搭車去機場接人，沒想到你還生氣……真、真是狗咬呂洞賓，好心、好心什麼的給狗親！」

「是好心給雷親。」我垮下肩，無奈地說：「謝了，能見學長一面，我算是……很高興。」

「那你還臭著一張臉？」

「我明明整場都笑笑的。」

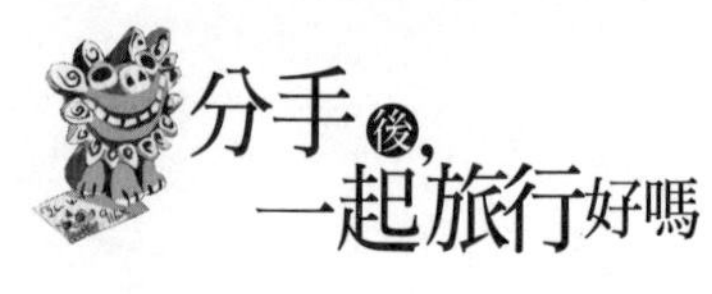

「比哭還難看的笑，算了吧。」

「至少……我很努力笑了。」

桑亞收回腳，緩緩地坐在人行道和柏油路的高低落差，與我並肩。我們一同凝視著偶爾呼嘯而過的汽車，及其留下的車燈殘影。

「十八歲時，我們都是第一次戀愛，會爭執、會吃醋，為什麼到了今天，我們一點長進都沒有？」她併攏雙腿，將臉埋在膝蓋內，「二十二歲的我們，怎麼還為了這種事不開心呢？」

「還好我們分手了。」我嘆息。

「……」

「現在想想，真的很感謝那隻橘貓。」

「……貓是無辜的。」

「我知道，但牠讓我們徹底看清楚，彼此之間的問題有多嚴重。」

「……」她悶悶的，沒有回應我。

「別忘記，這是單身旅行，我們就算是用演的，也要快快樂樂地玩完。」

「嗯。」

「握手言和吧。」

我伸出手卻遲遲握不到桑亞的手，她整個人蜷成一團，合在一起的掌夾在大腿中間，完全沒有握手的意願。

自討沒趣的我尷尬地收回掌。

「這時候，就是要喝。」她靜靜地從另一側的口袋拿出一瓶啤酒。

「這、這是哪來的，剛剛我不是和大叔講好，我們這桌絕不點啤酒嗎？」我一把搶走啤酒，打開，倒進嘴裡銷毀。

「還給我！」她趴在我身上試圖搶回去。

我喝掉半瓶，心中漸生不妙，趕緊擺脫桑亞，逕自衝進店內。

此時大叔的居酒屋已經沒有其他客人，老闆娘和侍應正在逐桌清潔打掃，一副就是準備打烊的模樣。我的視線掃了一圈，發現老闆和小玲人手一個小酒杯，而睿杉則趴在桌面，一隻手還垂下來晃盪，他們三人的中央放著一大瓶日本清酒。

「不會吧……」我跑過去拉起睿杉，他已經雙眼翻白，醉得不成人形，哪有半分帥氣風采。

小玲高舉酒杯，一口倒進嘴內，雙頰緋紅，比櫻花還要粉嫩。

老闆也在喝，還替空酒杯添滿，嘻嘻笑道：「這可是我私藏的清酒，可不是啤酒。」

「不行！」我瘋狂搖動睿杉，但醉死就是醉死，毫無反應，「你給我醒過來啊！」

「哈哈哈……」靠在門邊的桑亞笑到眼角都是淚。

我也很想哭啊，怎麼可以連續三天，這太過分了吧。

「車子停我這沒關係啦。」大叔拍拍我的肩，給我一個「辛苦你了」的笑。

「你們遇到喝醉不醒的客人，都怎麼處理？」我哭喪著臉。

「當然是丟到人行道上啊，不顧自己身家安全的人最討厭了。」大叔嗤之以鼻。

「你們聽見沒有，不顧自己安全，隨意喝酒失去意識，還要人家背回飯店，最可恨了！」

「等等，他們不一樣喔。」大叔打斷我的哀號。

「哪裡不一樣？」

「他們沒有不顧安全。」

「哪沒有？」

「因為他們有你。」

大叔提起還剩一半的清酒，再度用厚實的手掌拍拍我的肩，一個人踩著蹣跚的腳步走進廚房，留下一句我不知道該抓狂還是該欣慰的話。

到達沖繩第三天，熟悉的景色、場地和人事物，居酒屋、無車的路、無人的人行道、桑亞、兩公里的步行、飯店，明明是重複一模一樣的過程，我卻覺得有些地方變了。

不只是睿杉，包括小玲、桑亞和我，都和三天前的我們不一樣了。

但我無法明確說出，究竟是哪裡不同。

有的時候，維持笑容比背一個大男人還累。

「今天休息，我哪裡都不去。」

我依循過去曾經看過的防身教學，要是遭遇到歹徒圍毆，首先要縮起四肢，盡力保護頭部，所以我拉起棉被就蓋住頭，不管她們怎麼搶就是不放開。

「懶豬，再不起床就來不及了。」桑亞用腳尖鑽我的腰間肉。

「沒錯，今天預定要去亞洲最大的海生館欸。」小玲一直用枕頭敲我的頭。

「多好玩都沒用，反正今天我就是不離開這張沙發。」我大聲疾呼。

「好，萬一你離開怎麼辦？」桑亞用滿是陷阱的口吻問我。

「不怎麼辦，去廁所、去吃飯是正常的。」

見我沒有上當，小玲改變戰略，委屈地說：「可是我們沒人會開車，只能靠你啊。」

「妳的車還停在居酒屋旁邊，是想拐誰啊？」

「問題是，人家是三寶呀，很危險耶。」

「……」面對她自毀式的發言，我不知該如何反駁。

「對嘛，能安全、舒適、迅速將我們送達觀光景點的人，就只有你了，林柏泓。」

她接著補上香噴噴的馬屁。

「真的、真的只有我嗎？」我以竊喜的語氣說話。

小玲軟軟地嗲聲道：「當然只有你啊，我們最最最信賴你了，就算車神舒馬赫都比不上你。」

「那就交給我吧！」我激昂的聲調突然下沉，「妳以為我會這樣講嗎？當我白痴喔？」

「哼。」她把枕頭直接砸在我身上洩恨。

造成我渾身痠痛的罪魁禍首也站在客廳，雙手抱胸，儼然一副和事佬的善人形象，睿杉正色道：「不然這樣吧，今天大家自由行，在飯店附近玩玩就好，要用車的話，我可以走去居酒屋開。」

「不愧是睿杉，你人真好。」小玲酸溜溜地說：「哪像某隻懶豬……」

「欸，我也背過妳回飯店，忘恩負義的傢伙。」我振振有詞，「早知道就把妳丟在路邊餵蚊子。」

「你把我一個弱女子灌醉……趁我不勝酒力無法抵抗的時候，硬是將我帶回飯店，準備上下其手……要不是桑亞阻止你的淫行，或許、或許我早就……」小玲說到一半，竟然哽咽到無法說完。

「妳們兩個是有進行演技交流嗎？怎麼都同一招？」我的腦血管開始脆弱。

「要不是我保護小玲……抵死反抗，可能、可能連我都難逃魔爪……」桑亞極配合地啜泣幾聲，超假。

「難怪我今早一起床，就覺得菊花火辣辣的……」睿杉也準備拭淚。

「夠了！」我崩潰，差點從沙發滾下來，「我出門可以了吧，總行了吧！」

他們見我狼狽的模樣，還一起哈哈大笑，我一人對三人，想要反擊卻不知道該如何下手，只好夾緊尾巴去浴室刷牙洗臉，途中他們開始討論等等要去哪玩，真的有幾分大學畢旅出發前夕的歡樂。

「走。」我拿毛巾擦擦嘴巴上的水，走出浴室外向大家宣布，司機正式上工，「各位乘客，今天想去哪？」

「先吃早餐。」睿杉提醒。

我才發現肚子真的很餓。

到這裡，我不得不大大讚美飯店附設的自助式早餐，餐廳很廣闊，裝潢很簡約，令人感到舒適、乾淨。精通日、英雙語的服務小姐很親切地領我們到座位，旁邊整片的大型玻璃帷幕可以看見直至天際線的景色。

整個餐廳都不用開燈，屋頂用琉璃瓦片拼接，只要外頭天氣夠好，靠自然光就足以照明，讓客人得以沐浴在溫和而不炎熱的光線中，吃著美味的日式餐點。

我已經是第三次吃了，一點膩的感覺都沒，尤其是他們的溫泉蛋，實在有讓我花錢多買幾顆帶回臺灣的衝動。

當我啃著第三顆蛋，小玲和桑亞正準備站起來去拿菜，睿杉剛好端著兩盤瓷碟回來，雖然不大，但食物疊得整整齊齊，像座精緻的小山丘。

他把右手那盤放在桑亞的桌面上。

「巧克力醬、可頌、凱薩醬、苜蓿芽沙拉。」

「你怎麼知道我的吃法？」

面對桑亞詫異的疑問，睿杉只是微笑，好像天地之間，無所不知無所不曉。

「真厲害……」桑亞看著自己的盤子，「連醬都對。」

「別問了，快坐下來吃吧。」睿杉把叉子放在她的盤邊。

「我要再去逛一圈，等等回來。」

連吃頓早餐都相當忙碌的雙姝，又再度一同離開餐桌，把這當Costco，到處走、到處晃，一刻也閒不下來，於是這張四人桌只剩兩個男人。

「告訴你一個祕密。」睿杉壓低聲量，煞有介事，「我有超能力。」

「喔喔。」我敷衍兩聲，連吐槽都懶。

「我可以預測桑亞的行為。」他一臉嚴肅，跟真的一樣。

「喔喔。」

「身為比現在人類更加進化的超人類，我知道你一定以為我是神經病。但，先知總是寂寞，你不信，會後悔。」

「喔喔。」

「等等桑亞會拿水果給你。」

水果？我忽然認真起來，因為桑亞前三天的早餐都要我吃水果，他是怎麼知道的？他昨晚才跟我們碰面，難不成是桑亞或小玲告訴他？不，不可能是小玲，畢竟這種事無聊至極，講出來沒有任何意義。

「她告訴你的？」我口中的「她」當然是指桑亞。

「她告訴我這種瑣碎小事要幹麼？」睿杉失笑。

我還想追問，桑亞已經走過來，拿著一顆金橙色的橘子放在我的手邊，果然真的被他猜中。

「你們幹麼？什麼怪表情？」她坐下，把盤子放上桌面，一臉狐疑。

「沒事。」我說，但該死的好奇心又開始作祟。

其實，桑亞明明知道，雖然不到不敢吃的程度，可是我討厭水果。她每天早餐都給，我會乖乖吃掉，單純是不想浪費食物，卻漸漸形成讓睿杉掌握的習慣嗎？

一頓早餐直到吃完，我都在想這件怪怪的小事。

離開餐廳，兩個女生在前面興致高昂地聊著等等要去的景點，我和睿杉殿後，兩人都在看手機，收收信、滑滑臉書。

「等一下桑亞會說去服飾店。」他冷不防扔出這句。

「……今天的行程都定好了，怎麼可能突然跑去買衣服？」我要他別再胡扯了，一點都不好笑。

我們四個人，繼續保持前二後二的隊形，為了取車得走到大叔的居酒屋去。桑亞還是和小玲聊天，睿杉看著手機螢幕，彷彿碰到什麼難題，想幾秒鐘，手指敲了幾個字進去，又停了幾秒，再敲了敲。

目前的狀況一切正常，我完全沒嗅到不對勁的味道。

就在我們走到停車地點，拿出鑰匙解鎖，打開車門時，桑亞喊了我一聲「柏泓」，我整個背開始發麻。

「怎、怎麼了？」

「我們先去一趟 UNIQLO 吧。」

「……」

這是怎麼回事？

我們在宜野灣市的 UNIQLO 待的時間並不算長，對桑亞而言根本就沒認真逛到，她和小玲買了幾件短袖的男、女上衣，說要當禮物帶回臺灣送人，有特定的幾件得寄去雲南，這過程中都很正常，她愛買紀念品送人的原因我也知道。

只是。

為什麼是現在？

還被睿杉完全命中。

我帶著濃厚的疑惑，開始懷疑這世界是否有超能力的存在。

神不守舍地逛完之後，因為地緣的關係，我們就近到旁邊的宜野灣海濱公園，這裡有個不錯的沙灘可以玩水。

沖繩是個島，有玩不完的海灘，像我知道的就有安良波海灘、新原海灘、殘波海灘、古宇利海灘、喜瀨海灘，即便我們改成沖繩三十天二十九夜旅行，也很難一一玩個徹底。

所以我們選這個海濱公園，打算悠閒地待到肚子餓得想吃中餐為止。

還好太陽不大，很適合戲水，我們換上泳衣，漫步踏上微微發燙的沙粒，向來都第一個衝進海中的桑亞這回格外鎮定。

「難得有四個人，不如我們來分組對抗吧。」她提議。

我暗暗覺得不妙，嗅到陰謀的味道。

「我們就比沙雕，可是呢，美不美這種東西很難有個客觀分數，所以我們就比『誰蓋得高』，輸的人必須接受懲罰。」

桑亞已經宣讀完規則，在我說要參加之前。

我猜……這麼幼稚的比賽，應該也沒人想玩吧。

「哼哼，不跟我一隊者，可要有心理準備。」小玲的勝負欲竟然在燃燒。

「堆沙，靠深奧的技巧，我一定贏。」睿杉的自信爆炸。

他們是吸了大麻嗎？這麼無趣的比賽，興致勃勃成這樣是怎麼回事？玩水就玩水還玩什麼沙啊，浪費整片無瑕的海水和可人的天氣，難道都沒有人願意站出來制止桑亞嗎？

「男生一隊、女生一隊。」身為本屆堆沙大賽的主辦人兼參賽者兼裁判兼協辦單位的桑亞，冷冷地說：「我可以先講沒關係，要是男生輸了，懲罰就是穿免洗紙內褲偽裝成泳褲去飯店的游泳池游泳。」

「睿杉，快堆啊，你還站在那幹麼！」我直接跪下奮力挖沙。

「你挖，我堆，地基先打好。」睿杉開始在旁邊的沙地工作。

一場莫名其妙的堆沙大賽頓時開始，時間限制是三十分鐘，我們還有時間，可以拯救自己的男性尊嚴。

畢竟，穿著碰水就透的紙內褲去泳池，一定會被當成變態逮捕的啊！

努力十分鐘左右，我雙手疲憊，打算休息個二十秒，順便抬頭看女生組的進展如何。

「靠，妳們哪來的鏟子啊！」我大聲嚷嚷，「犯規，這絕對是犯規！」

「兵不厭詐，這是戰爭。」又在亂用電影臺詞的桑亞很從容。

因為她們堆出的圓柱型沙堆是我們的一點五倍高。

附近開始有遊客駐足圍觀，用我聽不懂的語言替兩邊打氣。

白色的浪打上白色的海灘，退後時留下白色的泡沫。我特地選這裡溼透的沙動工，黏性比較強，又比較好挖，我相信誰勝誰負還在未定之天。

「我們不能輸……得再加快。」我低聲通知睿杉，「畢竟她們有兩把鏟子。」

「放心吧，勝利者必定是我們。」他很有自信。

不知道哪來的自信？或者該說是，奇怪的自信？

是他自認靠雙手能擊敗雙鏟，還是，他已經預測到這場比賽最終的結局？

海浪的節奏有如時鐘的滴答聲，無情的時間就在每個浪頭湧上岸時逝去。我看一下手機，離比賽結束只剩下五分鐘，我清清白白的人生也只剩五分鐘。

身為女生，有好處也有壞處，壞處是個子矮點、力氣小點，不利於將沙堆高；但好處，就是附近的男性救生員居然無視規定，拿出自己的椅子讓她們踩高。

導致我們不管多努力，她們的沙堆始終比我們高三十公分左右，而時間只餘三分鐘，一百八十秒。

睿杉滿頭大汗一臉嚴肅，完全沒有先前預言命中時的得意。

「她們……應該不會真的要我們穿吧……」他氣虛地問。

我心虛地說：「一定會要我們穿的。」

「可以反悔吧？可以耍賴吧？」

「可以是可以，但要背上言而無信的罵名，信用整個破產，以後就算是約出來吃個飯，桑亞都會酸酸地講『我怎麼確定你不會反悔』，整件事會纏住我們一輩子。」

「……太誇張了吧。」

「就是這麼誇張。」

剩六十秒，我茫然地凝視自己挖出的大坑，準備放棄。

睿杉猛然站起，虎目含淚，雙手掩面，跨出大步，準備逃離現場……不，不對，他往桑亞的方向衝去。

「壞人讓我來當！」

他有如視死如歸的自殺炸彈客，直接把對手努力許久的沙堆撞倒，現場揚起一片驚呼聲，再來是無盡的噓聲。

桑亞氣瘋，追打睿杉而去。

僅剩最後的幾秒鐘，小玲的雙眸精光一閃，小小的個頭就往我這衝過來，目標當然是我們的沙堆。

「睿杉的犧牲，由我守護！」

我大喊，攔腰抱著小玲，我們撞一起滾成一團。

而時間恰好是半個小時結束。

小玲爬了起來，甩甩原本是紅色結果都被沙子沾黏的髮絲，我在她旁邊，喘著氣坐在原處，看著桑亞越追越遠，直到沙灘的另一端，人影都消失了，看起來是不狠狠修理睿杉無法洩心頭之恨。

「這位學長怪怪的……」小玲拉拉比基尼的綁帶，確認有綁緊。

「他如果因為變成變態丟掉自己的工作，那才是怪。」我替心目中的英雄睿杉喝采。

「不是這種怪。」

「不然是哪種？他可是被喻為小杉的完美男生，還是個超級濫好人，會因為一通電話，給我一個驚喜就跑到沖繩的人，妳就知道他好到什麼程度。」

「對，就是怪在這裡。」

「……」

「如果是我前女友身邊跟著所謂的超級好男人，我一定很不舒服。」

「睿杉不一樣。」

我堅定地為睿杉說話，反而引起小玲的懷疑。她一雙清澈的大眼，徹底掃視我全身上下一遍，彷彿我所有隱瞞都被她看穿，在她面前就跟裸體沒有兩樣。

「他就是你們分手的原因對不對？」

「……妳是柯南嗎？」

「我猜對了？」

「錯，我們分手的原因是一隻貓。」

「告訴我詳情，好有趣的樣子。」

「不行。」

桑亞不知道追到多遠去了，到現在還沒看到人，附近的遊客漸漸散去，但還有幾人拿出手機在拍我製作的沙堆。沙灘開始恢復寧靜，就跟我們剛剛的腳印一般，終究會被浪給撫平。這難得的閒暇，我一動都沒動，獲得片刻的休息時間。

「欸。」小玲打破短暫的沉默，「他……真的跟你是好朋友嗎？」

「睿杉應該是我大學時代感情最好的朋友，他只大我一屆，沒有什麼隔閡，很多課還一起上。」我解釋。

「那就糟了……」

「為什麼？」

「感情越好的人，一旦成為情敵就越難纏。」

「呵。」我笑了。

我知道睿杉喜歡桑亞，從第一次告訴他，桑亞答應要和我在一起時的表情就可以判斷出來。

但這是運氣不好，兩個人喜歡同一個女生並沒有誰是誰非的問題，一直以來他也不曾越線。

直到我和桑亞分手的前一天，我有過短暫的動搖。

那一晚，我們在宿舍大吵一架，她負氣離開，要回學校。我雖然惱火，但時值凌晨，她的安全更重要，我遠遠跟著她一路到學校大門。

在馬路上，連車都沒有，即便有一、兩臺機車，也是呼嘯而過，顯得好冷清。

我感到冷意，卻不是因為冬天的關係。

而是望見碰巧出現的睿杉，遇見——哭得亂七八糟的桑亞。

我的視力實在太好，好到令我討厭，雙眼二點零能清楚看見，桑亞倉促地擦拭眼淚，似乎不想讓任何人看見自己脆弱的一面，不過學長已經拿出整包面紙，讓她不用顧忌，痛痛快快地哭。

桑亞的哭聲幾乎迴盪在整條馬路，讓我不忍心再聽下去。

睿杉是個好人，他拍拍桑亞的肩，並真摯地說出這句話——

「如果妳需要一個能陪妳的人，我很樂意接下這份工作，即便這工作名稱不叫男朋友也沒關係。」

從頭到尾，我都知道睿杉喜歡桑亞，只是他沒有我的運氣。如果時間倒回三年前，是他先跟桑亞告白的話，或許我就成了不起眼的路人，他們則會快快樂樂地在一起吧。

話說回來，睿杉其實不算是我的情敵。

因為隔一天，我就和桑亞和平分手了。

沒有什麼驚天動地的過程，雙方都覺得到這就好，該退出彼此的生活，獲得一個共識。

我拚死壓抑即將翻騰的情緒，最後我們相擁，沒有讓劇情變成八點檔的狗血連續劇，令她很放心地走出我的宿舍。

我同時在心裡承諾，假如她未來跟睿杉，或是其他比我更有能力的男生交往，亦會用盡所有力氣給予祝福。

「喂，在跟你講認真的，怎麼突然發起呆啊？」

小玲的嬌嗔讓我從回憶中清醒。

「喔，我跟睿杉不是什麼情敵關係，妳就別亂講了。」

「是這樣嗎？」

「廢話。」

「那也太奇怪了。」她緩緩攤開手掌，掌心有一張紙條。

真的太奇怪了，小玲身上就兩件式比基尼，這張紙條是怎麼變出來的？

我慢慢地拿起，打開一看，發現不是紙條，而是一張發票。

雖然我看不懂日文，不過英文、數字、日期我還是看得懂，尤其是 BMW 335cic 這串英文。

簡單來說，這是一張租車行的發票，租的車恰好就是我們正在使用的車，租用日期也恰好就是我們在沖繩七天六夜的時間。一個恰好就算了，兩個恰好就很扯了。

「……哪來的？」我顫聲問。

「那位睿杉的皮夾。」

「妳偷他的皮夾？」

「拜託，看身分證確定對方沒有家庭，是女人認識男人的第一步，防渣男用的，別大驚小怪。」

「我的也……」

「當然看過了。」

「到、到底是什麼時候？」

「你確定現在要討論這種小問題嗎？」

「……」

就是因為剛剛獲得的資訊量太大，我才情願糾結在小問題上面，如果桑亞真的早就和睿杉聯絡，設計出一套……我一時之間也想不透的旅遊，那該怎麼辦？

腦袋裡的問號快要滿載，在一大堆的問號內，只有一個事實浮現。

這整個沖繩七天六夜之旅，恐怕都不是真的。

或者我該問，還有什麼是真的？

第六日 真實，不需要理由和原因

一片空白的腦海，毫無緣由地浮起一件往事。

那是我們交往之後的第二個情人節，我記得很冷，和此時的沖繩完全不同。第一個情人節，我們都是第一次，過得相當懵懂無知，手牽著手，圍著同一條圍巾，頂著超低溫寒流，一起去看海……對，看海，我差點冷死在某塊西部的海岸線，氣氛低落到不行。實在忍不下去，無法再看我覺得快要凝結的浪花，兩人同意回家，又碰上假期大堵車，回到臺北已經是半夜，連個本該浪漫的晚餐都在高速公路的休息站解決。

於是我和桑亞的第二個情人節，雖然沒明講，不過都很慎重。

我帶她去看貓空的夜景，喝著熱茶，兩人依偎在一塊取暖，眺望整個臺北盆地的萬家燈火搭上夜空點點的星光。即便氣溫依舊偏低，我們卻感到很暖和，無論是心理還是生理。

最後在各自回宿舍的離別之際，不約而同地拿出禮物，要贈送給對方。

她給我一大罐紙摺的幸運星，足足塞滿整個玻璃罐，全部是她親手做的。桑亞還說，她聽說臺灣女孩都會準備，自己也想要入境隨俗，訓練一下很笨拙的美工技術。

我感動地收下後，送給她兩張卡片，約手機大小，上面的字是我親筆寫的，還有我的承諾與指印，代表絕不反悔，具有林柏泓專屬的法律效益。

一張是「不對妳說謊」、一張是「異性隔離」，顧名思義，是我不會騙她，也不會跟其他女生有過度的往來。也許兩張硬紙板割成的卡片不代表什麼，但最少，這是我本人自願的約束。

桑亞高興地收下「異性隔離」卡，卻把「不對妳說謊」卡退還給我。

「這張異性隔離，我還真的真的很需要……至於不說謊，就不用了，反正不管你說的是真話還是謊話，我總是會相信的。」

在那個進入她宿舍的巷子口，她這句話幾乎快讓我融化了。即便她沒收下，我也暗自決定，一定不能對她說謊，一定不能。

結果，是她欺騙我……

「喂，發什麼呆呀？」

面對突然斷線的我，小玲不太高興。

「我、我是在想……桑亞有什麼動機。」我隨口一說。

「動機？這還要問，就是他們私下已經要交往了，覺得很對不起你，所以免費送你來玩，找個歡樂輕鬆的時間，跟你攤牌啊。不然一趟價值幾萬元的行程，他幹麼要免費送？」

小玲是這樣告訴我，他們的動機，最後還補上一句。

「無非是內疚嘛。」

我想來想去，雖然覺得不可思議，卻又沒辦法說出比她說的更合乎常理的推論。

如果旅行社是假的、沖繩愛戀之島情侶實習蜜月之旅是假的、BMW 335cic 是假的、睿杉的驚喜也是假的，那大概只剩沖繩的雲、海、土地是真的。

不知道他們為什麼要騙我，畢竟桑亞單身，自然可以喜歡上任何人，與任何人交往，即便那個人是我的好朋友。

不管是法律還是道德，都沒有規定說他們不可以在一起啊。

我的情緒逐漸混亂，開始覺得他們很陌生，像是披著桑亞、睿杉外皮的陌生人。

我用手機告訴桑亞，我不舒服想回飯店休息，希望他們可以繼續玩，晚點我會去找他們會合。

把車留給他們，我自己招計程車回飯店。

原本我以為，依這幾日的疲勞程度，只要沾到能躺的平面物體，我立刻就能睡著。

但我錯了，當我站在房間的中央，一時之間竟找不到一個歇息處，連讓我能放鬆合上雙眼的地方都沒。每個角落彷彿都是虛構的，用來掩飾一次又一次的謊言。

我沒有憤怒，卻不代表我喜歡被欺騙。

這麼好的房間，桑亞必定負擔不起，一想到是睿杉出的錢，我就感到一股寒意從背後竄起。

「難道，我被同情了嗎？」

我苦笑著轉頭，想馬上離開。

卻沒想到一打開房門，就看見匆匆而來的桑亞。

我們站在門內與門外，中間的門框剛好為我們劃出一條分隔線，彼此注視著，中間好像有一層透明的膜。

「你身體怎麼了嗎？」她先開口。

「只是太勞累，需要再睡個覺。」我解釋。

「就這樣？」

「你們繼續玩吧，不用管我，晚上我會歸隊。」

「小玲和睿杉去逛國際通了，我們既然逛過就不用再去。」

「嗯，那我出去休息。」

「出去休息？」

「沒啦，我去飯店附近晃晃。」

我側過身體，要從桑亞的身邊穿過去，但她大力推了我一把，害我踉蹌地往房內退幾步，感到相當莫名其妙。

「妳幹麼？」

「不對，你很不對勁。」她也走進房間，還順手把門關上。

「太累而已。」

「到底是怎麼回事？」

「連玩幾天，太疲憊罷了。」

「林柏泓！」

面對她咄咄逼人，我反而有些煩躁。

「……妳為什麼騙我？」我很直接地說出口。

她愣愣地呆看我幾秒，隨後清醒，將髮絲勾在耳後，面無表情的，沒有說半句話。

「旅行社、七天六夜、機票、飯店、車……到底有哪件是真的？」我問，其實心裡的某處依然希望是誤會一場。

從最開始到現在，我都沒有這麼期望我們是真的抽中大獎，而不是一連串的安排與玩笑。

但我說過，從小到大，我都不是個好運的人。

「的確是安排的，但我只是希望，在畢業之前……」

她說到一半，被我打斷。

「為什麼要騙我？」

「我怕你不願意。」

「我當然會不願意啊，林柏泓窮歸窮，也沒厚顏到要人家花錢讓他出國玩吧。」

「你不懂我的意思……」

「我怎麼可能不懂，用騙的、用拐的，妳總是要達到目的為止，不是嗎？」

「大學四年，沒多久就要畢業了，所以我想說……要是我們……」

「從一開始的信就是假的，上面留的旅行社電話也是假的，接電話的業務員也是妳的朋友吧，反正統統是假的。而且，我很明確告訴過妳，我真的不想來沖繩。」

「沖繩這四天，你不快樂嗎？」

「……」面對她的反問，我一時語塞。

「如果能在畢業之前，留下更多快樂的回憶，不是很幸福的事嗎？」

「妳為什麼總是能輕描淡寫地帶過自己的錯誤，難道說聲抱歉有這麼困難？這和那個晚上一模一樣，妳就是個想到什麼就做什麼的人，別人都稱讚妳灑脫、不羈，但又有誰知道妳惹的麻煩都要我承擔。」我很不滿，是長久的不滿。

「所以我被你甩了，我受到懲罰了。」桑亞垂下頭，背靠在牆的轉角。

「錯，結果還是我受到懲罰。」我大聲說。

「對不起……」她的雙肩一顫，茫然地抬起頭看我，反倒是我轉過頭，無法再多看她一眼。

「還有，我最不能理解的是，為什麼睿杉要花一筆錢送我來玩。你們要交往就交往，根本就不必顧忌我，更不用再找個什麼好時機告訴我，你們要怎麼樣都可以，不用愧疚。」

「等等……」

「別說了。」一股濃烈的倦意向我襲來，「我知道妳一定有各種理由，反正回臺灣之後，告訴我要還給睿杉多少錢就好。」

「等一下。」

「放心吧，我不會擺一張臭臉給大家看，對妳、對睿杉都一樣。」我拉開房間的門，淡淡地說：「我去找個地方休息，妳別擔心。」

「柏泓，你要知道，縱使我們分手，我還是永遠都不會害你的。」桑亞終究只說出這句早就講過的句子。

我離開房間，輕輕地關上門，沒有再聽她說些什麼。

我是被飯店的工作人員叫醒的。

畢竟一個人窩在沙灘椅上，無視附近的旅客，不管是否為公共場所，直接呼呼大睡，當然會引起懷疑。更別說十點半這麼晚的時間，救生員都已經下班，整個海灘要淨空了。

我滿臉漲紅一直道歉，但對方極有禮貌，倒是關心我多過於嫌棄我。我們一同走回飯店內，互相道謝之後分開，我的肚子卻在此時咕嚕咕嚕叫起來。

一個人走到餐廳，發現人家早就歇息了，只好走到商品販賣部，買一盒沖繩傳統點心金楚糕，找到無人的空椅就坐下，直接拆開包裝盒，一塊一塊扔進嘴巴吃掉。要不是太膩的關係，我其實可以吃掉整盒。

看一眼牆上的電子鐘，已經是晚上十一點多了。

站起來，扔掉垃圾，走到電梯前，發現剛睡醒的身體又開始感到笨重，好像睡多久都沒有用。

拖著沉重的腳步回到房間，桑亞還沒有睡，只是坐在沙發上，那個我專屬的床位，然後看我一眼，還是關心多過於責備。她向來都是這樣，不說話，眼神卻透露出一切。

「妳去睡吧，明天還有兩個行程。」我走進浴室。

她站了起來，挪動到床邊，掀開棉被緩緩地躺上去。

我走出浴室後，在沙發上坐了一會，看著靜音的電視，一直到十二點多，還是一點睡意都沒有。

於是我關掉電視，慢慢地站起來，無聲無息地走到房門前，手剛剛碰觸到門把……

「你去哪？這麼晚了。」桑亞幽幽的說話聲在我背後響起。

「睡不著，我去運動一下。」我交代完畢，手一按，喀一聲，門開，我便走了。

大半夜的，當然不可能去運動，我只是到飯店的接待大廳，找本全然看不懂的日文雜誌看。透過一大片的落地窗，看向外頭屬於沖繩的夜，靜謐的、安穩的，讓我感到放鬆。

當然值班的櫃檯小姐有過來關心，我一概以失眠當作藉口，不需要任何服務。

其實，我需要的不過是一個遠離桑亞的地方。

在有她的房間，不，我應該更正為，睿杉花錢買單給桑亞住的房間，實在讓我無法合眼。就好像打開一扇門，進入陌生人的家裡，會坐立難安、會不知所措，彷彿連腳底有灰都會擔心是不是弄髒人家的地板，遍尋不著一個立錐之地。

我不想欠桑亞，我更不想欠睿杉，當初要是我更堅定地拒絕，就沒有現在的為難了。

「你怎麼在這？」後頭傳來清脆的探問聲。

整個接待大廳只有我一個人，所以聲響的穿透力十足，逼得我不得不回頭。

是抱著兩包零食、穿著全套運動服和拖鞋、紅色短髮綁豎起來像一根沖天炮的小玲。

好隨興的打扮，我有點詫異。

「失眠。」

「現在失眠？」

「對。」

「那走吧，請你吃宵夜。」

「沒關係，我只是一時睡不著，等等累了就……」

「快點陪我吃，這兩大包萬一被我嗑光，那熱、熱量還得了啊！」

「……」

「快點！別讓我這個樣子……暴露在公共場合太久。」

「好吧。」

我放回雜誌跟在小玲屁股後面，一起搭電梯上去，到她的房間內。

她一個人住的房間，不管是規格、視野、價格，很明顯都跟我原本住的差很多。光想到這代表著睿杉付出的更多，就讓我悶悶不樂，覺得自己欠得更多。

她坐在床邊，扔給我一包洋芋片，指了指原本就在床上的半打啤酒，意思是要我吃、要我喝。

反正我不打算回房，也就不跟她客氣，席地而坐，大大方方地吃起來。

「幹麼一個人要自閉，今天下午你偷跑回來就很有問題了，還不趕緊說給姊姊我聽。」小玲老氣橫秋地說，我發現她素顏不打扮就會換上一個新的人格。

「拜託妳別用高中生的面容，裝作一副大姊姊的樣子。」我吐槽。

「快點說啦。」她用洋芋片扔我的臉。

接住，吃掉之後，我說：「妳發現的發票，果然是真的。他們大概是要交往了，覺得很虧欠我，所以由睿杉出資，請我來沖繩玩，打算找個良辰美景攤牌吧，算是給我一個體面的告別。」

「你自己的猜測？」

「發票都有了，不然該怎麼猜？」

「我先不管你猜的對不對，先假設是真的，他們能對你做到這樣，精心設計一場類似詐騙集團的騙局……也未免太不可思議。」

「原因很簡單，因為他們都是好人。」我喝了一口啤酒，擦擦嘴角，繼續說：「無論如何，他們都不會害我。」

「可是，你還是被傷害了，為什麼？」小玲停下拿洋芋片的手。

「我……因為我……」我不知道是微醺的關係還是真的無法回答，支支吾吾半天才應道：「我不喜歡欠他們，就這樣。」

「這勉強算是個道理。」她點頭，同時一臉笑意。

「有什麼好笑的？」

「我看你是第一次談戀愛吧。」

我不知道她突然提到這點代表什麼意思，只是她那輕蔑的笑容，好像大姊姊在取笑小好幾歲的弟弟般，讓我莫名想要反駁。

「妳也一樣吧。」

「是啊，哈哈。」小玲刻意大笑幾聲，像是要隱藏自己的幽怨。

「抱歉……是我口無遮攔。」剛剛那句話一出口我就後悔了，明明知道她的遭遇，嘴卻很賤地亂說。

「沒關係，只是我發現一處可疑點，你想不想聽？」她揮揮手表示不在意，甫問完又大口大口地把啤酒乾掉。

「好。」

「整件事情，最怪的不是桑亞、也不是睿杉，而是你啊。」

「我？」

「你在吃醋吧。」

「……妳是醉了嗎？」

「你就是在吃他們的醋，才會變得這麼盲目和彆扭，比我讀國中時的弟弟更蠢。」

「盲目？彆扭？」我從沒想過這兩個形容詞會用在我身上。

「沒錯，是你。」她纖細的食指對準我，「而且你現在很像受虐的貓。」

「貓？」我想小玲應該是醉得神智不清了，當初她也是喝沒多少就醉，更別說此時的床頭已經擺了四瓶空罐。

「嗯，像被人類虐待過的貓，變得疑神疑鬼，再也不相信人，寧願孤獨地流浪，也不願意相信愛。」

她又開始胡言亂語，我站起來動手收拾零食和空罐，勸她一句「別喝了」，同時慶幸這裡不是居酒屋。反正小玲也不是會乖乖聽話的女生，我不打算隨之起舞，繼續剛剛的話題。

「我沒醉！」知道自己被無視的小玲抗議。

「路邊的醉漢都是這樣說的啊。」

「我告訴你，我真的沒醉，你別搶！這瓶還沒喝完……等等！這別丟，還可以喝兩口，你好浪費！」

不管她吵吵鬧鬧，我把所有垃圾統統扔掉、所有雜物全部清開，亂七八糟的床總算比較有個床的樣子。

「快睡吧。」我指向床。

「欸，我可是比你大幾歲，不准控制我睡不睡。」她指著我。

「好啦、好啦，明天再說。」

「坦白告訴你，和你們見面的第一天，其實我是假裝醉死的，你背我回飯店的過程我記得一清二楚。」她挺起胸口，振振有詞。

「妳沒事裝醉幹麼？」我不信。

「測試你。」

「……」

「女人要看清楚陌生的男人究竟是怎樣的人，只要裝醉就好了。」她驕傲地說：「這可是我的獨門技巧，而且恭喜你通過測試。」

「隨便啦，妳快睡吧。」我用力扯掉壓在她屁股下的棉被。

「真的，人家沒醉。」

「我不在乎啦。」

她整個人倒上床面，仍嘴硬地說：「那你測試我，考九九乘法表！」

我很配合，勉為其難地問：「八七？」

「五十六。」

「七八？」

「七十二。」

「妳馬上給我躺好啊！」

「犯規，你出陷阱題，我、我好歹是國立公誠大學的畢業生，怎麼可能背不出來！我沒醉，純粹是失誤而已。」她還想辯解。

我懶得再多說廢話，立即抖了抖棉被，整面雪白飄飄地蓋住她整個人，大功告成。

「等一等……」小玲探出頭，喊住我之後不再說話。

「明天還要去玩，別熬夜了。」

「陪我……別走，拜託。」她咬著下脣，眼眶有些泛紅，瞳膜覆著一層薄霧，不知道是酒精的因素，還是因為一人孤單太久。

「……」我站著，沒動。

「今夜就好，整個房間只有我……很可怕的。」

「……」我還是站著，沒動，看她還有什麼花招。

「算了、算了！毫不憐香惜玉的臭東西。」小玲翻臉的速度比翻書還快，前一秒還楚楚可憐，現在又氣呼呼，「算你通過測試，快回房間去啦，反正我又不是第一天一個人睡了。」

我聽著她的不滿走到浴室，找到兩條乾淨的大浴巾，便到一個比較空的角落，一條用來鋪地板、一條用來當涼被，姑且就算個床位了。反正在原本的房間，我也曾這樣睡過。

凌晨，接近兩點。

我終於感到些許睏意。

「謝謝……」

遠在床上的小玲低聲說，然而深夜的房間太靜，還是傳進我的耳內。

「不客氣。」

「……其實你真的很笨。」

「再說，我就去睡外面走廊。」

「假如睿杉正如你所說，準備要跟桑亞在一起，那又怎麼可能花一筆錢，讓你們倆睡在一塊，這太違反人性，就因為你只會吃醋，才會漏掉這麼明顯的事。」

「……」她說的……好像有點道理。

「現在知道自己多笨了吧。」她的嘲諷，悶悶的。

「不對……那妳一開始怎麼跟我說，桑亞和睿杉是因為在一起了，對我感到內疚，所以才瞞著我，請我到沖繩玩七天，順便對我攤牌？」我發現很沒道理。

「這、這個嘛。」

「……」

「我就喜歡看你為情所苦的樣子，不、不行嗎？」小玲哀怨地說：「要不然……就只有我失戀，好孤單喔。」

「妳果然是醉了啊。」我竟然跟一個醉人談論這麼久。

「沒醉，你別誣賴我。」

「算了，明天我會直接去問問看。」

避免被人耍得團團轉，也避免自尋煩惱，我不如直接問桑亞，把一切都講個清楚明白。

我關掉房間的燈，營造出睡覺的氣氛。

黑暗中，卻傳來小玲幽幽的話語聲。

「要是，回臺灣之後的未來，你和我都是單身……那我們乾脆交往看看好了。」

「不要。」我敬謝不敏。

「喂！你真不知好歹欸！」她拉高音調。

「抱歉，我是外貌協會的……」

「那正好，本人正是公誠大學的校……等等！你這句是什麼意思？是質疑我的外貌嗎？混帳東西！給我說清楚！」

「我累了。」

「你給我說清楚，喂！說清楚才准睡！」

「晚安。」

還好我有自備耳機。

好冷。

睡到一半的我，拉高浴巾蓋到脖子，卻依然擋不住周圍沁心的寒意。

我皺著眉，不滿地想看看是哪個白目把冷氣調得這般低溫，結果才剛剛張開還卡有眼屎的眼皮，進入視網膜的景象是……一臉像是冷凍豬肉的桑亞。她就坐在我旁邊，難怪那麼冷。

「昨、昨天晚上，因為喝了點啤酒，所以醉倒了。」我解釋，縱使不知道為什麼要解釋。

「為什麼……是小玲的房間？」她冷冷地問。

「就剛好和她一起喝酒，碰巧遇見而已……」

「這麼巧？」

「對、對呀，真巧。」

我一直在搜索小玲的身影，希望她能出個聲緩解這個肅殺的氣氛。

還好她沒棄我而去，只是去浴室梳洗而已。

「唉……唉唉，我肚子好痛。」她雙手按著下腹，有如行屍走肉般，直接走到床鋪邊趴倒，「那個來，真的好討厭。」

「還好嗎？」桑亞關心地問。

「還ＯＫ，只是今天……我不能出去玩了，你們就自己去吧。」

等一等，昨天晚上她還在大口喝酒大口吃肉啊，才五個小時過去，就變成這副德行，到底是真的還假的？

沒人知道我心中的疑惑。

桑亞頗有深意地說：「真是不巧，睿杉也說他的腳肌肉拉傷，就是臺灣話所謂的『鐵腿』吧。」

所以……該不會，四人小組扣掉兩名傷員，再扣掉桑亞，就只剩下……我腦中的警報器大響，趕緊回想，今天的行程該不會是最操的馬拉松式購物吧？

「就你和我一起……」她說到一半。

「啊啊！我的頭好疼啊，昨晚喝太多，宿醉太嚴重啦。」我雙手抱頭，意思意思地在地板滾個兩下，「不行了，今天也得休息，不然桑亞自己搭計程車去逛逛吧。」

「沒有喔，他昨天根本沒喝半口。」小玲無血無淚地說。

桑亞一腳踩在我的屁股上，讓我停止轉動。

「天氣真好，按行程安排，剛好是戶外的殘波岬和浦添大公園呢，難道你、不、想、陪、我、去、嗎？」她字正腔圓到讓我膽寒。

「我去就是了……」

沒辦法，不去不行，先別說昨天我一時腦充血，好像誤會了桑亞和睿杉，光是昨夜在小玲這睡一晚，就讓我覺得有點對不起她。雖然我沒有做任何不對的事，卻仍像個犯錯的小孩，心虛。

回房間盥洗一下，沒浪費多少時間，去吃吃早餐就和桑亞出門。

這也是除了第一天之外，我們再度一起兩個人旅遊。

七天六夜，也只剩兩天了，時間過得好快，回到臺灣之後，還得想辦法還債。

不過，是該還給誰？

按人性的角度與小玲的提點，睿杉不可能是這趟旅程的出資者，而桑亞還是靠老家匯生活費的學生，也不太可能，所以，很怪。

在前往殘波岬的路上，我就直接問了。

「這七天六夜之旅，到底是怎麼回事？」

「幸運抽中大獎。」

她不疾不徐地說，一看就知道在唬爛，而且有點賭氣。

「我已經看過睿杉那邊的租車發票了……所以真的是他？」

「不是。」

「可是我有證據。」

「睿杉只不過是因為懂日語，所以我請他幫忙租而已。」她激動地拉著胸前的安全帶。

我關心地問：「妳隻身一人在臺灣讀書，哪來的錢？」

「和我分手之後，你都在做些什麼？」她跳出原本的話題。

「當、當然是待在宿舍，沒什麼特別的。」我報廢一段時間的蠢事當然不值得提。

「我則是到處打零工，日也賺、夜也賺，因為身分的問題，只好在學校到處找賺錢的機會，幫助教帶活動，幫教授將手寫稿打成數位檔，幫同學趕期末報告，你相信嗎？班上演算法設計與分析的期末報告有七份都是出自我的手。」

「妳……為什麼要讓自己累成這樣？」

「我、我是因為……比較……」桑亞一時不知道該如何措詞，頓了幾下，最後緩緩地說：「比較好睡，比較不會失眠。」

「這是什麼怪理由？」我一頭霧水。

「關、關你什麼事？」

「妳為什麼要製作一張假的信，還要找人假扮旅行社的業務員，演出一場真的很荒誕的戲碼？」

「要不這樣，你會乖乖來沖繩嗎？」

「好，請讓我再問個問題。」我拍拍方向盤，除了旅費之外，當然也指這臺車，「為什麼要把這筆錢浪費在這種地方？」

「才不是浪費，你這沒心沒肝沒肺沒腎沒十二指腸的東西！」桑亞突然不滿。

「最少也要讓我知道，妳大費周章、軟硬兼施，就是要我來沖繩旅遊的原因？」

「……」

「我知道妳覺得我白目，但這太超乎正常人的邏輯了……我還是想瞭解原因。」知道她不太高興，好奇心卻還是逼我問了。

但是毫無回音，就像我朝湖水扔進一塊石頭，沒有女神浮出來問我的石頭是金是銀就算了，結果連咚一聲都沒，沒揚起任何波紋，連我都懷疑自己是不是根本沒扔。

「……」她看向窗外，恍若未聞。

恐怕是氣到連話都不願意說，我懊惱地搔搔頭，衡量是不是該道個歉，然後絕口不提這件事。

一路抵達殘波岬，車上靜得只有風聲。我終於知道為什麼睿杉和小玲都稱病裝死，明明敞篷都開了，卻依然給我快要窒息的感覺。

停好車，桑亞率先開門。

她站在車邊，修長的眉緊鎖，清秀的臉蛋微紅，雙眸內是滿溢的無奈，單薄的唇微張，用這個世界只有我能聽見的音量說。

「就只是想再跟你出去玩一次，不需要原因。」

漫步走到殘波岬燈塔，桑亞還在生悶氣。

殘波岬燈塔當然是蓋在殘波岬上，藍海藍天中一根白色的燈塔聳立，附近有斷崖，也有海灘。我說過沖繩是個島，最美的景色不是海就是海灘，看似一模一樣，但實際上都不太相同，光是淡淡的氣味，就有分別。

殘波岬有一股「世界盡頭」的味道，孤立的燈塔幾十年間都站在峭壁邊，望著一片無盡的海，不知道在等待什麼歸來。

我們一起繞了圈，就暫時各自分散開來，我沒刻意問她去哪，滿腦子卻都在想她剛剛說的話。

蹲在一隻超大的紅色獅子塑像旁，我利用它龐大身軀所形成的陰影乘涼。我舒適地思索剛剛桑亞說的話，藉此承認我的價值觀有問題。舉例來說，我請別人去替我印課本，過程中要排隊、列印、裝訂、繳費，最少也得浪費二十分鐘，可是我會給對方影印的金額，忽略他付出的時間和體力；而同一個人請我喝一罐運動飲料，卻會讓我謹記於心，好像自己欠了債。

這就是有形和無形的區別，用來解釋當我誤會是睿杉付錢時的情緒反應，至少解釋得過去。

「幹麼蹲在這裡妨礙其他遊客拍照？」向來神出鬼沒的桑亞突然出現在我身邊，一起妨礙根本就不存在的遊客拍照。

「還在生氣？」我問。

「沒有。」她淡淡地說。

「對不起。」

「我說沒有生氣。」

「好吧。」

桑亞狠狠瞪我，猶如一個嚴正的警告，然後拿出一個袋子，放到我的腳邊，好矛盾的情緒和動作。

「這幾件衣服送你。」

「……沒事送我衣服幹麼？」

「不要，你就拿去扔掉算了。」

「要，我要。」我投降，反正要就對了。

她依然淡淡地說：「我知道你喜歡深藍色，剛好又看到幾件款式不錯的，所以就送給你。」

「謝謝。」

「穿給我看。」

「現、現在？」

「我總是要知道合不合你的身材呀，這要求很正常吧。」

「等等到車上，再……」

「我都提來了。」

「好歹找個廁所，不然這裡是……觀光景點。」

「男生又沒關係，附近剛好沒人。」

也對，旁邊海灘很多男生都打赤膊，我只要假裝剛上岸，就沒那麼奇怪。抓緊時間，脫掉自己的T恤，手摸進塑膠袋，隨便抓了一件，拆開包裝就套上，很快地穿好，連衣服的樣子都沒看清楚。

「很合身，不錯。」其實有點緊，我拉拉領口。

「嗯。」桑亞表示滿意。

「怎麼會突然想買，畢竟……我也沒準備東西送妳。」

「沒關係，過去你送我的衣服，夠多了。」她依舊蹲著，背靠在紅獅子的基座，雙手抱住大腿，因為涼鞋而露出的腳趾縮緊，好像有點緊張。

「是發生什麼事嗎？」我小心地問。

「等我回去雲南，這幾件衣服多穿，別把它們塞進衣櫃的深處……」

「怎麼這麼嚴肅？」

「答應我。」

「好啦，我答應。」

我們達成協議，一同站起身來，並肩走著，原本覺得炙熱的陽光，都好像沒那麼燙了。這件神奇的衣服，讓我感到溫暖，遠多過於先前的燥熱，輕輕撫摸著衣料，如沐春風。

每當我們走過日本遊客的面前，就會揚起一陣輕笑，一開始我還不以為意，但一次、兩次、三次，光走到停車的地方就被笑了七、八次，最後連桑亞原先氣悶的臉都在忍笑。

我半脫掉這件讓我感到溫暖的衣服，果然背後印著很簡單的日文「馬鹿野郎（註1）」，連我這種日語文盲都知道什麼意思。

好老套的整人法，大概和國小時在同學背後貼笨蛋標籤的程度差不多，可是桑亞就很愛這套，光看她忍得滿臉通紅快笑出來，就知道這個女孩有多單純。

「以後換個新招吧。」說完，穿回專屬於我的笨蛋上衣。

「既然、既然……知道幹麼還穿？」她在岔氣之前，訝異地問。

「我愛穿。」

「為什麼？」

「上車吧。」

註1　意思為「混蛋」。

半推半就，我和她坐進車內。

我們按照預定行程，前往浦添大公園。一路上都很安靜的桑亞突然要我蓋上敞篷，雖然不知道原因，而且會讓欣賞美景的視線受阻，但我還是聽她說的，乖乖按下鈕，讓其自動合上，遮住了陽光和藍天。

在我問她怎麼了之前，桑亞就把手伸進裝衣服的紙袋，拿出一件原本要給我的T恤，直接拆開塑膠包裝，套在自己頭上，利用神妙的金蟬脫殼式，把裡面的襯衫脫掉，快速換衣成功。

過程中難免春光乍現，害我有些分神。

「這樣就不算欺負你了，要笑就笑吧。」她扭過腰，讓我看見T恤背後印的「痴漢」兩字。

我心念阿彌陀佛，慶幸剛剛不是抽到這件，不然恐怕不是被日本人笑而已，連日本警方都會介入盤查。

「這樣我們就是白痴混蛋加性犯罪者的組合了。」我笑著替她拉好摺起的衣襬，遮住腰邊的嫩肉，以助我專心駕駛。

「我怎麼能……」她說。

砰！

一陣巨大的力量從後方撞擊而來。

我倆的身體依慣性往前衝去，但被安全帶死死綁住。

我馬上踩住煞車。

停在路邊，還搞不清楚發生什麼事。

駕駛座外卻站著一道身影。

隔著窗戶，我看不清楚他的長相，不過一身黑色的運動服、一頂黑色的鴨舌帽，滿臉都是鬍碴，一對深邃的眼和濃到不能再濃的黑眼圈，還是給了我強烈的印象。

「好陰暗的人……」我按住因強力震盪微微拉傷的後頸。

「車禍嗎？」桑亞有些驚慌。

「對，我們的車屁股被撞了。」我柔聲道：「我下車看看，妳不要下來。」

正準備解鎖開車門，外頭的男子彎下腰看向我們，霍然整張臉扭曲猙獰，一拳擊向車窗，緊接著猛踹車門，桑亞緊緊拉住我的手臂，不讓我離開。

「他好凶！」

「應該是我剛剛拉妳的衣服，不小心車速放太慢，所以讓他撞上。」

「先開走！這個人瘋了！」

他用力之猛，真的像瘋了，一次又一次的踹擊聲，一次又一次提醒著他很危險。沒辦法，對方根本沒打算冷靜下來。在沖繩我們人生地不熟，萬一真的遇到流氓或黑道，只能任人宰割，況且桑亞還在車上，我一定得以安全為優先。

轉動方向盤，我踩下油門，直接駛離現場。

原本還以為對方用我的車門洩恨完就算了，卻沒想到，他開著白色的豐田，追在我們的後面。

好好一趟沖繩旅行，怎麼會變成這樣……

出國遇到神經病怎麼辦？

打電話給旅行社？喔，對，那是桑亞的朋友假扮的。

報警？先不說我們連要撥119還是911都不知道，光是語言隔閡就不知道該怎麼克服。桑亞利用衛星導航系統找到警察局，但離得有些遠。

在臺灣能做的措施，在日本就未必能做，我用力踩著油門，還好 BMW 的雙渦輪引擎真不是蓋的。我雙手握住方向盤，完全不敢分心，雖然沒去看後照鏡確認，不過桑亞緊張的喘息聲告訴我威脅尚在。

「打電話給睿杉。」我提醒。

她回過神來，拿出手機撥號，還好睿杉有接電話。他問我們在哪裡，要打電話報案，可是車不能停，就沒有一個明確的地址可以給他。

最後他建議我們先把車開到熱鬧的地方求救，能逃到警局最好，若不能，找個百貨公司、大賣場之類也行；並且約定到達以後電話聯絡，大家先會合比較安全。

還好今天的交通非常順暢，我開在前頭，不知道是吸毒吸到神智不清還是天生就瘋顛的瘋子追在後方。即便不像電影中那樣誇張的街道飆車追擊，他也沒有狂按喇叭連續衝撞我的車身，不過他彷彿白色的背後靈一般，跟在屁股後面，不屈不撓，一副要追到天涯海角的樣子。

日本的瘋子都這麼凶嗎？僅僅是一個小到不能再小的擦撞，有需要擴大到殺父殺母之仇嗎？

實在很想乾脆停車，弄清楚是怎麼回事，然而桑亞平時看起來膽大，遇到意外終究還是會怕。我不能因為自己的想法，就把她置於可能的危險中。

車的引擎一直在嘶吼，劇烈的運轉震動，我們注意著車窗外是不是有可以求援的地方，可是運氣很差，都是一般的住家或無人的公共設施，如停車場、棒球場、學校。

躲無可躲。

「等等要是我拉遠距離，途中有超商或店面，妳就馬上下車。」我沉聲道。

「為、為什麼？」桑亞整個人有點放空，雙手緊張地握住胸前的安全帶。

「他主要是追車，不是要追妳，先讓妳走，我再慢慢跟他周旋。」

「不要，你想都別想，這個人瘋了，那眼神……好像什麼血海深仇似的。」

「就因為對方是神經病，才要妳先躲啊。」

「林柏泓，少在這種時候讓你的英雄情結作祟！」

「像老鼠一樣被追整圈了，哪來的英雄啦。」

「我只是你的前女友，頂多算是朋友而已，這是你整天掛在嘴邊的，不要忘記。」

「我知道，可是情況不同……」

「我不管，除非一起，不然休想讓我下車。」

畢竟我不是天生車手或是動作電影的男主角，依現在的車速，我得全神貫注，沒辦法分神去跟她爭論究竟誰的安全重要。

看一眼儀表板，汽油所剩不多。原本打算回程時加，好死不死遇到這種鳥事，害我很後悔為什麼要存這種僥倖的心態。

再看一眼GPS，顯示前方有一個賣場，如果有駐衛警的話，就能順利得救。我先提醒桑亞，一看到招牌，如果是日文念不出來的話，就直接拍照用通訊軟體傳給睿杉，讓他趕到這來。

她拿出手機，堅定地點點頭。在冷氣大開的車內，脖子和鎖骨間都是冷汗，可見她嘴巴不說，實際上已經徹底被嚇到。

我懂反差感所帶來的恐懼，在危險的地點遇到危險並不駭人，真正可怕的是在歡樂安逸的氣氛中，遭遇出乎意料之外的驚嚇。所以恐怖電影很愛拍度假別墅出現殺人魔、旅館裡面鬧鬼，就是利用這層心理因素。

思索中總算看到了賣場，但結果讓我們很失望，同時嘆了一聲。

眼前的賣場並不大，和臺灣的家樂福、大潤發都不能比，頂多比全聯福利中心大一點點，目測有兩層樓高。

油要乾了，再逃下去也不是辦法，只有駛進賣場的專用停車場再說。

隨便找個空位就停，下車、鎖車，發現車窗龜裂一大片，車門的板金凹進去好幾塊，瘋子的身手根本就不像一般人，怎麼可能光靠拳腳造成這種損傷……

沒時間多看了，我拉起桑亞的手就往室內去。

一踏進大門，那個瘋子的白色豐田也隨之進入停車場。我感到一股冷意，原因並非是室內室外冷氣所造成的溫差，而是今天賣場的生意極差，根本沒有多少人，賣場的店員比採買的客人還多。

此時沒辦法後退了，我們跑起來，想找到可以幫忙的人。穿過一間又一間的附設商店，奔過一格又一格的擺貨架，結果別說是駐衛警了，連尋常警衛都沒見到，沖繩的治安是有好到這種程度嗎？

我很無奈。

眼前一整條路，左右兩邊擺賣女性用品，大部分的銷售員都是女生居多，所以我也不好意思進去求援。畢竟把一個瘋子引到人家作生意的地方，既危險又不道德。

停下腳步，我很猶豫，手心都是汗，不知道該把桑亞牽往哪個方向。

「這裡。」她挽起我的手臂。

我們像情侶一般，漫步走進旁邊的女性服飾店。順手拿起白色的絲綢洋裝，和正在招待其他客人的店員招呼一聲後，如作賊一般，掀開試衣間的布幕，打開輕薄的木板門，偷偷摸摸鑽進去。

「這樣……太尷尬，等等店員發現怎麼辦？」我悄聲道。

「被店員發現也比被瘋子發現好啊。」她不自覺地撫摸著洋裝光滑的布料，顯得非常焦慮，「我是不是該真的換……萬一等等有人來問，好歹能說你是進來替我拉拉鍊的。」

「睿杉已經報警也出發了，我們頂多撐二十分鐘就好，妳先靜靜待著。」

只要躲好就行，畢竟賣場還是有一定的規模，瘋子要找到這得花一段時間，目前應該沒有問題。

正當我這樣想，外頭立刻響起清脆的敲門聲以及店員甜美的問候，給了我一下當頭棒喝，事情絕沒有想像中順利。

桑亞立刻脫掉熱褲和痴漢T恤，套上剛剛拿的洋裝，背後的拉鍊全開，裙襬又短到快看見屁股。她看準店員同為女性，便讓我躲在門後，咬著牙，只開三分之一的門，推開布幕一角，側身出去。

她們幾乎沒辦法溝通，桑亞日語不行、英語勉強可以，不過這間商場設定的顧客群並非國際觀光客，所以店員只會說日語。

這段時間，我除了祈禱瘋子不要路過之外，沒其他事情好做，看著地板上桑亞褪下的衣褲，乾脆幫她撿起來收好。

只是一個很簡單的動作。

完全不經意，不用通過大腦思考。

卻沒想到，覆在熱褲之下，有一本翻開的紅色筆記本——

保护他，别再让他受伤了

這是我第一個剎那，所看見的內容。

她的筆跡還是這麼醜……這麼真。

〈来冲绳必做的二十件事〉

☑ 记得要去机场接睿杉

☑ 给他一个真正的惊喜

☑ 每天早上让讨厌吃水果的他吃水果

☑ 买几件衣服给他，让他穿上

☑ 听说日本UNIQLO好穿又便宜，必去

☑ 和他睡在一块，即便是最后一次也没关系

☑ 保持旅行的乐趣，和他玩游戏，得巧妙地

☑ 遇到神社时，把我的祈福给他

□ 去日式卡拉OK玩与他合唱

□ 找个机会自然地吻他额

☑ 替他盖个被子

☐ 和他合照一张

☑ 绝对要保持笑容

☐ 不着痕迹地牵他的手

☑ 偷偷地整他一回

☑ 无拘无束地小酌

☐ 对他道歉，要最真诚的那种

☐ 对他道谢，感谢过去三年的照顾

☐ 换我保护他，别再让他受伤了

☐ 在七天六夜的最后，给他一个拥抱，慎重道别

我像個雕像，保持彎腰的姿勢，看完所有內容，忘記要動、忘記要有反應，覺得豁然開朗，所有的疑問都得到解答。桑亞諸多古怪的行徑、睿杉預知的超能力，都是因為這二十件事而起。

或許我應該要很感動，但是沒有。

反而覺得她很笨，為什麼要浪費寶貴的時間做這些。

兩個人交往，你情我願，哪有誰欠誰的問題，執著在這種問題，桑亞都不像桑亞了。

在我心中，她必須是永遠只看向前方，絕對不回頭糾結的女人。

我吃力地要揚起嘴角，打算證明自己的情緒不受影響，但不知為何，保持著怪異姿勢的我，連假笑都沒辦法。

難怪她死都不讓我看，這本筆記就是個不折不扣的陷阱，我一旦打開，胸口和鼻梁立即遭受重擊，導致我笑不出來。

胸腔好悶，鼻子好酸，我尷尬到不敢看試衣間內的任何一面鏡子，就怕自己失去控制。

外面的桑亞不知道我看見筆記本的內容，她擺脫店員，重新拿了好幾件洋裝，巧妙地側身進來。我在零點五秒之前把她的T恤扔下蓋住筆記本，整張臉紅到快滲出血液，根本就是不打自招，一副做出虧心事的樣子。

即使我想裝作若無其事，但短時間內臉部肌肉無法轉換，導致我此刻的臉似笑似哭，相當猥瑣。

「變態。」她瞪了我一眼，踢了我一腳，一把搶回我手中的熱褲。

「咳咳……」我清清喉嚨，慶幸眼前的桑亞還是原本的桑亞。

她爭取到時間，店員暫時不會再來打擾，所以穿回原本的裝扮，並且把店家的洋裝整整齊齊摺好，放在置衣架，雙手合十細聲說了對不起。

試衣間很狹小，容納兩個人並沒有多少空間，溫度漸漸升高，我甚至能聽見她的脣息。雖然氣氛難為情，不過情況危急，彼此都能體諒，只要待到睿杉抵達就行。

外頭的店員偶爾會來問問，但碰巧走進五、六位婦人，她也就沒空關心一直躲在試衣間的桑亞。

情況好轉到我能偷偷推開一點門，從門縫與布幕的空檔看向外面，像個偷窺狂般，只露出一隻眼睛。

「有追來嗎？」她在我耳邊用氣音問。

「沒有。」我耳朵好癢。

「那就好……睿杉剛剛傳訊息來了，說十分鐘後到。」她趴在我的肩膀，試圖偷看幾眼，「剛剛原本想讓店員替我們報警，可是溝通上有大麻煩，要我用手比出『我被瘋子追蹤，請幫忙報警』，實在是太困難了。」

「沒關係。」

「這瘋子到底講不講道理，撞壞賠就是了，還想打人。」

「瘋子是不講道理的。」

「運氣真差，好好一趟……」

桑亞說到一半，我猛然往後一退，她胸口被撞驚呼一聲，我立即反手壓住她的嘴巴，用眼神示意千萬別吭聲。

因為瘋子走進店內。

即便短暫，我看得很清楚，一身黑的運動服加鴨舌帽、極深的黑眼圈、暴戾的神情，而且雙手還拎著一條細繩，看起來要勒脖子或綁手腳都很方便。

聽得出來，店員在用日語招呼他了。

情況急轉直下，變得大大不妙。

我一直在心裡祈禱，他在店內晃個一圈就好，別找得太仔細。

窄窄的試衣間內，剛剛還有些熱，現在卻極速降溫。

發現桑亞的手在輕顫，我緩緩地握住，給她一個連自己都很心虛的微笑。

很抱歉，我只是一般人，從來都不是什麼體格健壯的運動選手，或者是擅長打架的漂丿男子漢，讓她縮在我的懷裡發抖，實在很抱歉卻又沒辦法。

叩叩……

瘋子沒說話，開始依序敲試衣間的門，旁邊的店員大概也發現不對勁，在附近用日語問他，語氣開始急促。

叩叩、叩叩……

還有三間，就會輪到我們這，等等開門不是、不開門也不是，更別說薄薄的木板門絕對擋不住他。

叩叩叩……

睿杉就快到了，警察說不定都到商場了；如果我們現在逃跑轉移地點，那又要重新聯絡，一路被追著跑，無人能伸出援手，遲早被抓住。

「我偷看了筆記本。」不知道為什麼，我就是很想在這秒鐘說出來。

「什、什麼？」她完全沒聽懂。

「在我心中那個最完美的桑亞，是專注於為自己而活的，她絕對不會、也絕對不該為了一個無關緊要的前男友去改變。所以，別對我太好，真的不值得。」

「你到底在說什麼……」

叩。

「未來，去找個能保護妳的男生，再跟他去旅遊吧。」

我說完，直接推開試衣間的門，穿過整塊布幕，趁瘋子尚未反應過來，我用盡全力往他撞去。後面的衣櫃倒了兩個，現場全是尖叫聲，再來是我聽不懂的日語求救聲。

瘋子狼狽地爬起。

在那之前，我發狂似的往店外衝刺，連回頭確認情況都不敢，就怕慢了會被追上。

隨後，瘋子的腳步有如快節奏的鼓點，自後方咚咚咚咚咚咚咚追來，密集、沉重、迅速，似乎比我的心跳還快。

還好他不知道，國中時的大隊接力比賽，我們班第一名，我負責最後一棒。

第七日 我記得我很痛，卻忘了她痛不下我

我剛逃到停車場，就被瘋子逮住了。

比起我喘如狗，肺都快裂開，他還在用鼻子呼吸。大概一、兩百公尺的衝刺距離，他根本不當一回事，彷彿下課走去廁所小便般輕鬆寫意。

我靠在自己的車邊，沒有機會拿遙控器解鎖逃命，瞥一眼裂開的車窗，想到自己等等的下場就很無奈。

還有很多事想告訴桑亞，整趟旅遊還有很多景點沒去，怎麼會遇到這種瘋子？我究竟是造了什麼孽，才讓老天爺派他來毀滅這幾天的美好。

他看起來比我大上十歲，藏在鴨舌帽下的深邃雙眼還蘊含著恨意。桑亞說得對，他是瘋的，一般的車禍根本不可能製造出這種等級的憤怒，可以用正常管道處理的問題，他卻選擇極端又犯法的方式。

站在我的面前，他跟我差不多高，差距就在於他不顧一切，而我一頭霧水，兩人針對一場意外擦撞的重視程度不同。

「I give you a chance saying it ...」瘋子沉聲道。

等等，瘋子對我說英文？

日本在地的流氓或有暴力傾向的瘋子都這麼國際化了？我隨即想到這是沖繩，本來就是美國化比較深的地點。

「Say it!」

「W, What? I don't know...」

「Never mind.」他鬆開捆在手臂的繩子。

「OK, OK, I am sorry, so sorry, OK?」有錯就道歉，我低頭。

他仰天長嘆，彷彿被我浪費掉不少人生。

沒什麼人的停車場，又剛好是陰暗的死角，瘋子沒有太多顧忌，在光天化日之下，用繩子綁住我的手腕和腳踝。不過大概是沒經驗的關係，綁得相當粗糙，繞個三、四圈就算完工。

他走到旁邊，拿出電話播出一串號碼，很安心地背對我等待對方接通。

在他還沒說出「喂」之前，我就已經悄悄解開手腕的束縛，根本花不到五秒鐘，再解開腳踝的也只要五秒。

比起我常用來訓練邏輯思維、空間概念的繩套益智遊戲還不如，他綁到一半，我就知道該怎麼掙脫了。

這個世界並沒有真正的死結，怎麼形成，就會怎麼解開，只要清楚分析結的構成，自然能夠知道關鍵點位於何處，輕輕一拉或扯，就足以解開。更何況瘋子太過自信又沒綁過人，根本是隨便繞個幾圈打結，我用牙齒就能咬開。

或許我很沒用，但你真的別想用繩子綁住我。

不動聲色，我緩緩挪動屁股，雙眼盯著瘋子的背後，只要他有任何轉過身的前置動作，我就會停下，假裝自己依然被綁住。

雖然很想知道他到底想對我做什麼，不過也得確保安全再說。

通話也是有接通和結束的時候，我加快屁股的挪動，直接到達駕駛座旁。只要按下口袋內的遙控器解鎖，我有把握在兩秒內完成開門、坐進去、關門的動作，再來開車逃跑就不再是問題。

目前拖過了幾分鐘，相信桑亞已經跑到安全的地方。

瘋子關掉沒打通的手機，轉過頭來凝視我。

同時。

我按下遙控器。

嗶嗶。兩聲。像起跑哨聲。

我們之間就四、五步的距離，他也大概兩秒內就能碰到車門，阻止我坐上車。

但前提是，他要碰得到。

瘋子跨出大步，一腳踩在柔順、光滑、纖薄的絲綢洋裝上，立刻一個踉蹌，整個身體不穩。

洋裝底下一圈繩子，我放棄這個打開車門的大好時機，直接拿起我預放於腳邊的繩尾，奮力往後一扯，成功圈住他的腳掌，使他的重心向後，整個人重重一摔。

我絕對不會承認，順手從試衣間帶出來的洋裝原本是為了變裝，結果拿來當陷阱，效果還出奇的好。至於要打個西部牛仔套牛用的繩結一點都不難，組合在一起功效很卓越。

況且，他滿腦子只想抓我，又何曾注意過自己的腳會踩到什麼。

我打開車門，順利地坐進駕駛座，啟動引擎，打好倒車檔，踩下油門，輪胎高速摩擦地面發出吱吱吱的噪音，整臺車退出停車格，放掉油門，方向盤左轉到底，目標當然是連結馬路的出口。

再來，不管瘋子是放棄，或是繼續開車追我直到天荒地老都沒關係，反正桑亞會和睿杉會合，已經相當安全……

我就沒什麼好怕的了。

透過擋風玻璃，我能看見整張臉擠成一團的瘋子有多憤怒、多懊惱，原先我還想知道理由，但現在我只想平平安安逃走，去跟桑亞繼續走完剩沒多久的旅遊。

喔，對了，還得去替洋裝結帳。

正當我已經駛近出口，好巧不巧遇到一輛計程車停下來，剛剛好擋住大門，接著，後座車門打開，乘客下車……

是睿杉。

緊接在他後面的是小玲。

我狂按喇叭要他們上車先走，不過他們似乎沒弄懂我的意思，從後照鏡可以看到，瘋子以他如風的速度狂奔而來。

小杉就算無所不能，但是單挑依然打不過胖虎，我被迫下車幫忙，希望兩個正常人對付一個瘋子會有勝算。

小玲見到賣場似乎就忘記危險，竟然還衝第一個，完全無視我的手勢，一直往我這奔來。

我在中間，前面是小玲，後面是瘋子，睿杉一臉為難也不來幫忙，難道都沒人知道目前情況危急嗎？

嘆口氣，我攔腰抱住彷彿被催眠一般的小玲，不讓她再跑過去。

隨後，瘋子邊衝刺、邊吶喊，旋即高高躍起，一腳踹上我的肩膀。

「放開我姊，你這垃圾！」

我真的像電影裡被車撞到的路人，直接飛滾出幾步之外。

「蠢蛋弟弟！你給我住腳！」小玲尖聲大叫，壓迫力十足。

耳膜比我的肩膀和著地的屁股還痛……

我在痛苦之中，大概弄懂，究竟是怎麼回事了。

早就知道，家務事碰不得啊。

我徹底懂了。

在我問瘋子「為什麼明明會說中文，還要用英文」之後，他回答「那你怎麼不早講」，我就完全搞懂這是多麼誇張的一場誤會。尤其是他以為我是日本人，我也以為他是日本人，才導致無法溝通的後果。

倒是小玲很介意，和自己弟弟一起，站在我、桑亞、睿杉面前，彎腰鞠躬，異口同聲地道歉。

「對不起。」

桑亞馬上噗哧一聲笑出來，因為小玲按著弟弟的頭道歉，弟弟也按著小玲的頭道歉，看得出來他們是極度內疚。

「欸，我是姊姊，你怎麼能壓我的頭？」小玲撥掉頭頂的手。

「把家裡鬧得雞飛狗跳的人，沒資格給我擺老。」快三十歲的弟弟反擊。

「我永遠大你一歲，我就永遠有資格。」

「要不是妳在臉書留下一堆亂七八糟的貼文和照片，我會像個神經病一樣，從臺灣直奔沖繩，對這位無辜的先生不利嗎？都是妳的錯。」

「我的臉書要貼什麼，關你什麼事？」

「正常的情況當然不關我的事。不過，當妳留下『我愛上他的粗暴了』、『他又打我但我愛』、『他趁我醉了做壞事』、『錢和護照都給他，就算再也無法回家仍心甘情願』、『他竟然有老婆，可是當小三也ＯＫ』這種狀態加上照片，就關我的事。」

「……」我已無言，因為他口中的「他」，九成九是我。

易地而處，要是我的親人或好友被不知道哪來的垃圾男蟲或人口販子拐到外國去，我的理智也會在瞬間斷線，被怒火所控制，他脫序違法的舉動情有可原，反倒是真正的罪魁禍首一點放軟的跡象都沒。

「怎樣，我不能當人家小三嗎？」小玲惱羞成怒。

「誰敢打我姊、誰敢讓我姊當小三，我追到宇宙盡頭也要揍死這垃圾。」顯然情緒控管有問題的弟弟，陰狠的眼還是時不時飄到我身上，「所以我一看見他的車內還有其他受害女性，就想踹破車門把他拖出來，狠狠地教訓一頓。」

在他坦白犯罪過程之後，真相逐漸大白。

五分鐘前，我們一同回到下榻飯店，在小玲的房間內，一場家庭鬧劇活生生上演。聽他們一搭一唱、時而爭吵、互相怪罪，最後又關心彼此的相處模式，終於明白整起事件的真相，是一個六月飛雪的天大誤會。

先說說他們的長相，小玲像高中女生的外表本來就很罕見，結果她弟弟因為連續幾天失眠，擔心姊姊在異國被壞人欺負，急忙推掉所有工作，直接飛到沖繩，依小玲臉書的線索，認車認人認景點，找了足足兩天，總共三十幾個小時毫無休息，導致整個人瘦一大圈，臉上最顯眼的就是深黑的眼圈和雜亂的鬍碴，看起來像三十幾歲的大叔，但實際上只比我大三、四歲而已。

旁邊哭笑不得的桑亞想介入他們之中，希望他們不要再吵架。可我連忙使眼神，要她千萬不可以插嘴。

小玲忿忿不平地吼：「反正你沒經過我的同意就要結婚了，我做任何事，為什麼需要你同意？」

「「「……」」」我、桑亞、睿杉似乎聽到了什麼很了不起的事。

「當初……當初我們不是約好？」這位頹然的弟弟彷彿又更老幾歲，「別在外人面前說這種事。」

「我們是領養的孩子，有什麼不能講的？」小玲看起來要攤牌了，越說越是激動。

我趕緊拉拉桑亞和睿杉，三人無聲無息地退出房間，讓這對牽絆頗深的姊弟好好談一談。

後面還有很多爛攤子要收拾，唯一能講日語的睿杉當仁不讓要去處理，和我們說聲再見，一個人匆匆忙忙離開。身為被害者之一的我也有點愧疚，對他感到很不好意思。

至於小玲，等她願意的時候，我會好好聽她分享，日思夜想的人真的從臺灣追來沖繩，是會因為對方很在意自己而高興呢？還是會因為惹出一個大麻煩而感到難過？

雖然認識的時間很短，我卻由衷希望她能得到自己想要的。

大不了，就再陪妳醉一回吧。

驚悚之後，好像特別疲累，再加上過度鬆懈，實在連走出飯店的力量都沒。

小玲在跟自己弟弟深入的交談，睿杉去處理一望無際的爛攤子，雖然才下午時分，今天卻沒人有力氣再去觀光了。我和桑亞一起回到旅館的房間，回想起這幾個小時內發生的事，依舊覺得不可思議。

「他們……讓我挺感動的。」坐在床邊的桑亞說。

「好險我沒有姊姊，也沒有青梅或是竹馬。」我坐在床尾全身乏力。

「為什麼？」

「要是最後不能在一起，實在太殘忍了……」

我橫躺在床尾，這幾天小玲對我說的話像是點下重播鍵，一一浮出腦海，彷彿站在我的面前重新說一回。

尤其是那句「永遠喜歡著同一個人，才難熬」，直到現在我才領悟到，她口中的難熬究竟是多困難、多煎熬。

一男一女從相識到交往，要用掉多少運氣、克服多少關卡才能修成正果。路邊隨便一對情侶，都是幸運的結晶。

我曾經，也是幸運的人。

即使和桑亞分手，也不能掩蓋我曾經幸運的事實。

看到小玲的際遇，我得知足，縱使幸運無法延續，也維持了三年的時光。

或許到大學畢業典禮的那一天，我會開始回憶和桑亞認識之後的種種。過程雖然不圓滿，但論幸運和曾經有的幸福，我自認可以贏過大部分的人，並且做出不枉四年的結論。

我躺著，雙腳懸在床外，她站在床的另一邊，彎下腰，雙手撐在床面、我的兩耳旁邊，臉突然湊了過來，無法抵抗地心引力的髮絲落在我的下巴與嘴脣，她緩緩將其勾至耳後，用遺憾的口氣低語。

「剛剛回飯店的路上，我看小玲見到自己弟弟頹廢成這樣，眼眶紅了整路，擺明是心疼死了；另一邊的弟弟，光是聽到自己姊姊被欺負，二話不說連婚禮都扔開，直奔沖繩來找人……結果，兩人一開口就吵架。」

「有些情感……是很難很難說出口的吧。」

「不用替他們解釋，原因一直都很簡單，就是他們不坦白。」

「每個人有每個人獨特的狀況，妳別隨意猜測。」

「那……我們呢？」

桑亞的話鋒一轉，快到讓我反應不過來。

「我、我們？」

「有什麼情感是說不出口的嗎？」

「……沒有，我們很誠實地面對自己，把該說的都說了。」

「騙子，你才沒說，不知道從什麼時候開始，你就再也不對我坦白，講什麼情感說不出口，統統是藉口。」

「我、我哪有？」

「四年前，一位來自雲南的少女到臺北讀書，她初來乍到全然陌生的環境，從內陸中的內陸飛到四周都是海的島嶼，連交通號誌都看不懂，還因為說話腔調的關係被同學排擠，每個深夜都在練習口條和改變自己的習慣用詞。少女很後悔，才剛上學沒幾天就想回家……」

「曾經欺負妳的人，之後也都跟妳道過歉，別再生氣了，好嗎？」

「我沒氣，我是感謝他們，讓我可以遇到一位很熱心的臺北男孩，他帶我去買東西，教我怎麼搭車、怎麼過馬路，還讓我見識到海……這麼好的一個人，願意無條件幫助系上最不起眼的我，最落落大方、體貼溫柔的男孩，怎麼、怎麼能突然就變了。」

「其實他大概是覺得妳漂亮才一直獻殷勤。」

「少來，比我美麗、比我可愛的女生比比皆是，不准你詆毀過去的林柏泓，你聽見沒有！」

我笑了，笑她的傻，林柏泓就是個尋常男人，只有她這種笨蛋才會當成寶。

桑亞顯然很討厭我此時的笑容，雙腳一蹬上床，雙膝跪在床緣，不必支撐身體所空出來的雙手從左右匡住我的臉頰，害我整個臉變形。

「放開，放開我……」

「你閉嘴。」

「放、放開……快……」

「才不要放開你。」

桑亞相當不滿，垂下頭，蒼白的唇要封住我的嘴，但我反應極快，脖子勉強一扭，她吻在我的嘴角，讓我有機會說話。

「不是設定親額頭而已嗎？這、這不行吧？」

「……」

桑亞挺起腰，滿臉詫異，好像我說出多不可思議的話。

「我隨便說說而已，妳別當真！」我趕緊挽回。

「你看過我的筆記本了？」她抿著脣，臉蛋開始充血，胸口逐漸起伏，雙手握得好緊。

我坦承道：「在試衣間內，不是故意的……」

「去死！」桑亞一巴掌打在我的額頭上，啪的一聲相當清脆，之後是我反射性的哀號，可見她的用力之猛、下手之殘。

如果不看，像我這種笨拙的人又怎麼能搞懂妳在想什麼……

到晚上，桑亞連晚餐都不吃，還不知道跑到哪去。

自稱裸體被我看見很多次都沒關係的人，卻因為筆記本被我看過，就怒到不願意跟我呼吸同一空間的空氣。仔細想想，我大概永遠都抓不準她的想法或是標準。

她沒吃，我打算買一份帶回房間等她。

原本天空就很灰暗，我聞到雨味，沒月亮也沒星光，我有點擔心她會不會淋到雨。

途中遇見睿杉回來，看得出來他是忙翻了。一團混亂的殘局都靠他收拾，受損的車子要開回租車行，辦理保險給付的文件得填不少，警察那邊他要去解釋純屬誤會一場，難免會被白眼，甚至連服飾店他都得去道歉，替我拿的洋裝結帳。這一趟跑下來，口乾舌燥不說，大概全身都會痠軟。

所以我和他招呼，他只是隨便應幾聲就回房間。這趟沖繩七天六夜之旅，最辛苦的人就是他了。明明是學長，還願意幫各種忙，我默默地發誓，以後有機會，一定要報答他的熱心。

從外面餐廳買個外帶的生魚片定食，這趟短短的路，我不只遇見睿杉。

在飯店要下去附設海灘的階梯，小玲和自己弟弟並肩坐在一塊。瘋子有梳洗刮鬍更衣過，好像年輕了六、七歲，從大叔回春成青年；而小玲的眉眼間還是無解的陰鬱，連笑都不是真笑。

強求不可能達成的目標，下場就是受苦，沒有別的。

我深刻體會過，所以我明白。

「欸，過來一起坐。」

就算我刻意放輕腳步，還是被小玲逮到。

「我是替桑亞買晚餐，要拿給她……」

「騙人，她根本還沒回來。」

她是不是有讀取人腦的能力，為何隨便就能戳破我的謊言？

我乖乖走過去，坐在他們上面三格的階梯。這裡的風景更好，我能眺望更遠的海、承受更強的風，同時把桑亞八成不會吃的生魚片定食打開，讓他們一起吃，嘗嘗沖繩的新鮮。

「再次跟你道歉，請體諒護姊心切的我做出的誇張行徑……以後，我會更冷靜。」

像是保鏢、哥哥、監護人，就是不像弟弟的弟弟，毫不客氣地徒手拿起兩大塊就直接吞掉，然後沉默，再也沒說話，似乎連動都沒動過。

「請原諒他吧，就看在……」小玲比較秀氣地吃了一口，「明天早上我就要回臺灣，不會再當你和桑亞之間的電燈泡分上。」

「我們待在沖繩的時間也不長了。」一想到這，我有點難過，撇開古怪的個性不談，小玲真的是個好人，很值得交朋友。

「回臺灣後找個機會一起吃飯吧，反正他買單。」她用手肘撞了撞旁邊的青年，喜孜孜的模樣差點騙過我。

你不是真正的快樂，我想起五月天的歌。

「記得找桑亞、睿杉一起來呀。」

「他們很難……」其實我知道，今天過後我也不會再見到小玲了，我們素昧平生、萍水相逢，有個美好的記憶就夠了。

「一個要在日本工作，那另一個？」

「桑亞畢業之後要回家。」

她察覺到有異，明亮的眼睛忽然眨呀眨，像是嗅到食物的老鼠；而她弟弟則是從口袋拿出耳機戴上，擺明只對我的生魚片有興趣，不客氣地吃掉大半。

反正明早他們就要回去，以後分道揚鑣，臺灣這般大，要見面並不容易，我也就沒了顧忌，想說什麼就說什麼。

「我在被令弟追擊的過程中，意外看見桑亞的筆記本，上頭寫著她要在沖繩做的二十件事。原本還以為只是去吃哪間店，或者是要去哪個景點，一般遊客會設定的目標，結果沒想到……是她決定為我……」

大概挑幾個例子來說，短短的過程中，我都保持著不經意的微笑。

小玲聽完馬上陷入回憶，隨後驚嘆地說：「難怪、難怪，我就想說，她怎麼常常想到什麼就做什麼，早餐明明就拿好了，又突然回吧檯挑水果；行程排好要去海灘，又忽然要去UNIQLO。對了，像堆沙比賽，在睿杉踢倒之前，其實桑亞已經開始放水了，害我一個人挖得超認真。」

「是呀，我也沒想到。」

「我的天吶……」

「天？」

「這未免……」

「未免什麼？」

「太感人了吧，我快融化了！」小玲嗲聲嗲氣地踢了旁邊的弟弟一腳，「就沒人這樣對我！」

「我也很感謝，不過我真的不值得她對我那麼好。」我看向海，沒有說謊。

小玲雙手抱胸，不滿地說：「你再說這種話，我就勒死你，和弟弟一起棄屍。」

「是我先提分手的。」

「為什麼!?」她比我還要扼腕。

「因為一隻受傷的奶貓。」我淡淡地說出過去不願意面對的回憶，不知道是因為不會再跟他們見面的關係，還是這件事壓抑太久，已經到了不得不說的程度。

「貓？就因為一條貓？」

「嗯。」

「不可能，依你的性格，桑亞就算要養老虎你也會說ＯＫ，何況是貓。」

「妳知道貓可以活多久嗎？」

「……是十年嗎？怎麼突然問這個？」

「家貓能活十五年。」我不自然地搓著自己的大腿，「網路上查的訊息。」

「那就十五年啊，有誰會因為貓活太長就分手？」小玲很疑惑。

「她帶回來一隻能活十五年的貓要和我一起養，但是我們能相處的時間只剩一年，就到大學畢業那天。」我苦笑，整個人都是苦味。

「我懂了……是不是她的學生簽證有限制，畢業就一定得回去。」她悄悄嘆息，「要是不回去，就會變成非法入境之類的吧。」

「沒錯，一年後就要離開的人，帶來長達十五年的責任給我，所以當時我幾乎控制不住情緒。」我懊惱地說：「那隻貓會無時無刻提醒著，我們註定沒有結果的關係。」

「之後呢？」

「吵完架後，不歡而散，我偷偷跟在她身後，看見學長說能夠照顧她，當下，我就決定長痛不如短痛，隔天就分手了……其實妳之前說得沒錯，我做了最輕鬆的決定，就是逃避。」

「真的輕鬆嗎？」

「當然輕鬆啊，不用去面對兩千多公里遠的超遠距離戀愛，簡直讓我輕鬆到一個月都下不了床。」我大笑，但大概更像哭。

小玲拍拍我的膝蓋，沒有表示什麼。

「我就想，學長比我有能力多了，有辦法克服這段距離吧。」

「小弟弟，你還有餘力去管別人的事嗎？顧好自己就行。」

我垂下肩膀，覺得小玲這句話說得很好，林柏泓連自己都顧不好了，還管到前女友和學長的事幹麼？

網路上常常看到一句名言：「分手唯一的好處，就是只要別再愛上，便不會再分手了。」

我也秉持這句，熬過最痛苦的一個月，一直以來都過得不錯。

突然安靜了下來。

附近沒有遊客，一波又一波的浪拍上岸，我們之間只剩浪濤聲綿延不絕，成為穩定悠長的節奏。

燈光之外，雖然知道那片海就在前方，卻因為與黑色融為一色，看不清楚原始的樣貌，頓時覺得格外安詳，好像待在一望無際的告解室，說出的任何言語都會被海風捲走，不留下一點痕跡——

我好像被催眠，什麼話都能說。

「經過我長達二十七年的經驗智慧判斷，你和桑亞當然有大問題要解決。不過在那之前，有一個小問題得先說清楚。」靠在自己弟弟肩膀的小玲打破這片安寧。

「什麼？」我醒過來。

「你還喜歡桑亞嗎？」

「……」

這回我沒說話，因為不想說謊。

「聽我弟說，你很勇敢。」小玲換了個話題，雙眼似笑非笑。

「我被他追到火燒屁股，還勇敢？」

「你知道我弟是體育系畢業的嗎？還差點入選國家的田徑代表隊耶，你敢跟他比跑步，真的太勇敢了。」

「國家隊……真的假的？」

「他說你為了保桑亞安全，故意把自己當餌，這件事很勇敢。」

「從頭到尾，他就是要抓我一人，桑亞根本就沒事啊，是我拖累她了吧。」

「呵呵……」她促狹地笑了幾聲。

我煩惱得雙手抱頭，覺得這場鬧劇一整個蠢到不行，還不如乖乖束手就擒，把話攤開來講明白，說不定能更早解開誤會。

「別失落，身為女生，就算沒有意義，可是看到男孩全力保護自己，多少還是會很感動的。」小玲這個禍首居然在安慰我。

原本想吐槽回去，但看在她好不容易維持住的笑顏，也就乖乖讓她嘲笑。

「去跟她告白吧，然後一起面對問題。」她為我打氣，雙手握拳，「別浪費這座美麗的島，也別小看這五天帶給你們的改變，去吧。」

「不行……」我聳聳肩，老實道：「桑亞現在氣我氣到不行，都要下雨了，還不知道跑去哪。」

「欸，別再找藉口。」

「況且，離大學畢業沒剩多久時間，她就要離開了。」

「真笨，你真的有夠笨！笨到我不知道該怎麼形容的笨！」

「好好談，別罵人啊。」

「因為你欠罵！」小玲咧開嘴，惡狠狠的樣子。

「妳什麼都不知道……就別再說了。」我站了起來，發現雨開始下，原本海浪的穩定節奏被打亂。

「未來的事我不知道，但如果我能和心愛的人在一起，別說是兩個月了，就算是兩個禮拜，甚至是兩天也好啊。」

小玲也站起來，但眼眸內不是我，全部都是坐在旁邊保持不動的青年。她對我的氣惱，更多是從自己的失落轉化而來。一個不尋常的眼神，讓我立刻知道她話中有話，對於遺憾有很深的體悟，彷彿她早就習慣了失去，卻又逼自己不准放棄。

我想，即使這個世界會在下一秒毀滅，她也會不顧一切去追求自己想要的。

雨變得好大，我的耳朵卻屏除掉雨聲，只餘小玲的那句話在縈繞。

撐著從飯店借來的傘，在附近找了一圈。

我開始有點擔心，桑亞並不是在鬧脾氣，而是遇到什麼問題。

站在路邊，在路燈的照射之下，我觀察每一輛駛過的車，企圖找到她的身影，只可惜連計程車都沒看見。

送出幾則訊息，撥出幾通電話，桑亞沒看沒接。

我承認偷看她的筆記本是我的錯，但也不至於氣到失去聯絡三個小時吧。

特地去買了比生魚片定食更高級的龍蝦定食當成賠罪禮物，我一手撐傘、一手提定食走在傾盆大雨中，實在是有幾分淒涼。好想回飯店去休息，可是一想到桑亞被我氣到失蹤，就無法靜下來一秒。

好焦急。

我累積滿腹想對她說的話，已經滿到喉嚨，到不吐不快的程度。

分手到現在，我從頭到尾都自私地自暴自棄，獨自躲在無人的角落等傷口凝結，卻從來沒有問過她……

「妳傷得如何？」

分手是兩個人同時自殘的行為，因為要割捨掉占據生命的另一半，一定痛不欲生、生不如死，更慘的是，並沒有麻醉劑可以緩解，只能獨自面對。

我勉強走過來了。

那她呢？

我從來沒問過，便自顧自地把她設定成跟我分手之後，桑亞從此海闊天空，過得比原來更好。

這些想法都是我的一廂情願。

如果我和桑亞能坐在一塊，像以前一樣，用彼此之間能聽見的音量交談，把心底的話都說出來，不管是抱怨、憤怒、悲傷，都由兩個人來分擔，這樣靜靜待上一整天，對我而言就是整個沖繩之旅最美好的時刻。

也許小玲說得沒錯，未來是未來，現在是現在，只要兩個人能在一起，就算時間所剩無幾，還是相當值得。

桑亞大學畢業，學生簽證到期，她家裡的生意需要幫忙，不能再讀研究所；縱使我能力不足，無法幫上她家的忙，也無法更動法律的限制，但是至少我們努力在一起到被迫分開的最後一秒。

這樣，即便以後都不能見面，遺憾也會比較輕一些。

站在路邊發呆的我，被急速駛過的貨車濺得褲子溼掉一半，下半身傳來的冷意讓我瞬間清醒。

搖搖頭，把傘夾在左肩和脖子之間，確認龍蝦定食沒被髒水噴到，才悻悻然地走回飯店。

回到房間，我用門卡打開房門，結果依然失望，桑亞沒有回來。

太晚了，太不正常了，我加快腳步，打算去找睿杉幫忙，看能不能弄臺車，一起開出去找人。

我連續按門鈴，想把休息中的睿杉吵醒。

「是誰呀？」

他連魚眼都沒看，急急忙忙地打開房門，身上穿著浴袍，頭髮才擦到一半，顯然是剛剛洗好澡，就被我硬生生叫出來。

不過這種時刻，依我和他的交情，也不必顧忌什麼禮貌，我逕自走進去，連房門都沒關。

「我偷看了桑亞的筆記本，所以她……」我講到一半，之後的話都被我硬生生吞回去，還差一點嗆到。

因為桑亞就坐在床邊，正拿毛巾擦拭頭髮，身上穿的不是原本的衣服，而是一件寬大的男性西裝襯衫。就這樣，其餘我都沒看到，露出一雙光溜溜的長腿，連鞋子都沒穿。

我回過頭，看向也拿起毛巾擦臉的睿杉，忽然想到什麼。

「喔喔，原來桑亞在這，虧我還到處找。」

此刻的氣氛，好怪……

我邊後退邊說：「沒事，我回去了。」

空氣變得好黏稠，身體好像浸泡在某種黏液裡，後退的動作變得遲緩，呼吸開始困難，毫無原因地頭暈目眩。

替他們輕輕關上房門，沿著來時的路徑，搭電梯，重新走回我和桑亞的房間。第一次深刻認知到，最高級的雙人套房有多大，大到我覺得很冷，彷彿是冷氣忘記關，而且溫度調得太低。

拖出我的行李箱，把房卡插在門縫邊，離開住了五天的居所，再按電梯下樓。

抵達一樓，叮一聲電梯門開啟，很巧，我遇見小玲的弟弟。他看我走出電梯，卻沒有進去，反而跟在我身後。

「對了。」我舉高掛在無名指的紙袋，「龍蝦定食，請你吃吧。」

「……你需要什麼幫助？」他接過紙袋。

「能不能把機票讓給我？」我不客氣。

「回臺灣的機票？」

「是的。」

「就用兩個便當換？」他失笑。

「目前，這是我的所有了。」我也笑。

「兩個便當，一張飛機票，你不覺得差太多嗎？」

「的確。另外，給我機票的事，請替我保密。」

「要求也太多了吧。」

「嗯，抱歉。」

他一臉木訥，沒說好或不好，逕自按電梯搭上。而我就是呆呆不動，看著電梯的樓層顯示面板，數字一直跳動，由少變多，再由多變少。

叮一聲，是他走出來，手上拿著機票，緩緩放在我的行李箱上。

「便當，謝謝招待。」他穩重地走回電梯，「我會打電話給旅行社，幫忙辦理機票的使用者更改。」

「機票，謝謝禮讓。」我雙手合十感謝，「由衷感謝。」

夜間的待客大廳，沒有多少人在；外頭下著大雨，自然也沒有人出去閒逛。飯店有點冷清，連櫃檯小姐的竊竊私語都能聽到些許，我獨自一人走出大門，行李箱的滾輪聲刮破整片寧靜。

撐開傘，我在路邊攔下一臺計程車。

直奔機場而去。

沒想到，今夜的機場也特別冷清，我找到一個無人的角落，確定這個位置不會阻礙到任何人，才放心地將行李箱放在腳邊，蜷起四肢坐在長椅的一邊，姿勢跟沖繩的風獅爺有點像。

原本以為，我能睡一覺，等待明天一早的班機。但實際上我根本就睡不著，只能睜大雙眼凝視著前方，也不知道是看著偶然經過的工作人員，還是一大團的空氣。

時間過得很快還是很慢，我分辨不出來。總之，靠著眼前走過的人數增加，讓我知道天亮了，機場開始恢復作業。來來往往的旅客，有的出境、有的入境，我挪動早就麻到失去知覺的腳，拖著灌鉛似的身體去辦理登機。

我的沖繩之旅到此，正式結束。

謝謝妳，讓我快樂了大部分的時間。

再見，沖繩。

歸途

能和她一起走，迷路也無所謂

人類之所以可以被稱為萬物之靈，是因為我們可以從過去的錯誤中學到教訓。

於是，我和以前不一樣了，過去受到一點刺激就像隻鴕鳥把頭塞進土裡的林柏泓已經進步了。

透過網路，我買了各式各樣的益智玩具。大部分是繩環解套的設計，讓我運用智慧，來解開一個又一個繩結，變化無窮，很好打發時間。其中一個比較困難的，用超過二十個小時仍無法攻略。

很懊惱，我都懷疑是不是買到瑕疵商品，也許該趁保固期寄回去換貨？再繼續挑戰，反正我的時間很多。

大四就是這點好，課少到不能再少，幾乎讓我忘記學生的本分。

離畢業沒剩多久，只要畢業考去考，甚至連畢業典禮都不用參加，畢業證書和相關文件再找時間去辦理即可，不急。

門鈴響了。

相當刺耳。

好煩躁，我不喜歡被打擾，乾脆裝作沒聽見。

過不了多久，門外不知道是推銷還是郵差之類的人就會離去，這幾天都是這樣，早知道就租一間配有警衛的社區當宿舍，可以避免掉很多麻煩。

幾十秒過去，果然外面的人走了，我又再度專心於手上的玩具，兩圈的繩，中間被一塊複雜的金屬線圈纏住，我該怎樣把它分開呢？看似簡單，卻最困難，這系列的難關幾乎被我解光了，就剩下手中的，老是想不到辦法。

我小時候參加過童軍，那麼多的課程，我就對繩結情有獨鍾，特別認真去學，問到連老師都受不了，到後來還叫我媽暑假時送我去別種夏令營，不要再去搗亂。

我媽曾抱怨，人家的小孩喜歡鋼琴、象棋、籃球、畫畫，就只有我喜歡繩子。

我只是傻傻地笑笑，承認這個興趣相當古怪，毫不起眼，甚至可以說是毫無意義。別的孩子要表現時都是隨手彈個巴哈、秀個連續胯下運球，就我說，要不要解個結給你看看。

好無聊的興趣，國小時同學替我取個外號叫作「大雄」，其實很貼切，玩翻花繩也是我的專長之一。不過國中時正值叛逆，對自己被比喻成那種懦弱無能的動漫人物感到不爽，就漸漸不太喜歡讓別人知道我的古怪興趣了。

就連桑亞，都只是看我偶爾拿在手上玩玩，並不知道我有多熱愛，多熱愛把渙散的精神凝聚於一點的感覺。我在最認真最專注的時候，可以連身邊有人喊都無知無覺。

彷彿這個世界再也沒有其他事物可以讓我煩惱，眼前只有解開或解不開兩種可能，好單純，再也不複雜。

門鈴又響了。

這是今天第三次打斷我的思緒，比之前更多，好奇怪，到底是誰在惡作劇？

我刻意不動，整個房間沒半點聲音，試圖掩飾裡面有人的事實。沒多久外頭的人又走了，再次恢復寧靜。

真好。

自我從沖繩回來，就很懷念沖繩的海，好安詳、好清澈，在臺灣根本找不到相同的海。於是我就乾脆待在家裡，足不出戶，尋求那片寂靜。

可是，我不太會去懷念在沖繩的日子，連手機裡的相片都刪掉了，過去的東西就讓它過去，我沒有必要去緬懷。快樂當然是快樂，不過經過複習的快樂，早就變了調，還不如藏在心中就好。

在不經意之時，我會想起小玲對我說的話：「未來的事我不知道，但如果我能和心愛的人在一起，別說是兩個月了，就算是兩個禮拜，甚至是兩天也好啊。」不管我從哪個角度去思考，都無法反駁她說的話，即便是一點點的時間，也應該好好把握。

她說得都對，沒有一個字錯，唯一不對的，就是這句話並不適用於我身上，而該用於桑亞跟睿杉。

小玲有意無意就會嘲笑我這輩子只談過一次戀愛，所以什麼都不懂。結果又被她說中，我真的什麼都不懂，沖繩之旅的六天中，我才是電燈泡般的存在。

回過神，看一眼茶几上的時鐘，難怪肚子有點餓了。

正準備爬去床邊拿手機，沒想到又有人按門鈴，而且這一次還用手敲門。

「麥當勞歡樂送，先生請開門。」外面有人喊。

原來如此，我早就訂好晚餐。

勉強從地板站起，我緩緩走到門前，確定口袋有幾張百圓鈔票可以付錢，便打開門鎖，把錢交出去。

但我等到的不是麥香魚套餐，而是強大的衝擊，直接把我跟門撞開。

兩位未蒙面的暴徒堂而皇之進來，我抓起檯燈就要反抗。

然而，我高高舉起檯燈的手，在我看清楚其中一位暴徒的臉之後，突然沒了力氣。

大概是一天只吃一頓，營養不良的關係吧，暴徒趁我之危，二話不說直接攔腰撲倒我。

「可惡的傢伙，看我怎麼弄死你！」

暴徒相當凶悍，滿腔怒火地大罵。

我無法抵抗。

◎

「桑亞……放、放開，真的會斷、會斷掉……手會斷掉……」

我被壓制在地板上，整張臉因為痛苦而猙獰，右手臂被桑亞使出十字固定術，被迫伸直到最極限，近乎斷掉的地方──手腕、手肘、肩膀的關節都在嘎嘎作響，我真的痛到快哭出來。

到底是誰發明這種不需要太多力氣，就能置人於崩潰的招式，我左手一直拍打地板表示投降，順便向另一位暴徒求援。

睿杉無動於衷，只是捏著鼻子緩緩蹲下。

「你知道，我們在沖繩找多久嗎？要不是靠小玲幫忙，逼迫她弟弟說出真話，我們到今天大概還在沖繩找你吧。」

「對、對不起……會斷，小力些……拜託，請放鬆一點……」

「回到臺灣後，我們還是在找你。到這來按電鈴都沒人，錯以為你沒回來，又開始到處探問，有沒有人見過你的行蹤，甚至找到你石碇老家去，阿姨說你百分之百躲在宿舍，而且賦予桑亞狠狠教訓你的權力。」

「我、我媽也知道了……你們竟然……等等，我知道了，會斷掉，小力！拜託小力一點……」

「整件事，就是這樣，我走啦。」

睿杉用手背拍我的臉幾下，站起來，走出房間，還小心翼翼地關上門，完全無視自己的朋友正在受難。

「現在知道你犯下多大的錯誤了吧。」桑亞一點要放過我右臂的感覺都沒有。

「我、我只是……突然想回臺灣……何錯之有……妳不能！等一下，妳這是虐待戰俘……好痛，放、放開我……」我一邊抗議，一邊哀號。

「還敢扯謊，你一定是誤會我們了。」

「我沒有誤會……我相信……親眼所見……」

「你親眼見了什麼？」

「妳穿著睿杉的襯衫，只穿一件……啊啊啊啊啊！」說到一半，我的關節傳來劇痛。

「那晚我一個人出去逛逛順便吃晚餐，回飯店的時候忽然下起大雨，把我淋成落湯雞。急急忙忙回到飯店，發現自己忘記帶房卡，你也不在房間內，所以我才去找睿杉幫忙。要不然全身溼到在滴水，一直在飯店內遊盪是能看嗎？」桑亞越說越怒。

「可是……衣服……為什麼脫掉？」

「脫你個鬼啊，明明就是因為空調會冷，他讓我套件襯衫而已，裡面的衣服、短褲都在！」

「啊啊啊啊啊，裂、裂開了，真的，關節裂開了……」

「這種因為誤會不告而別的戲碼不是女主角的專利嗎？請問，你、是、憑、什、麼！」

「對、對不起，再出力真的會斷掉啊。」

桑亞看我可憐，便解開不知道從哪學來的十字固定術，坐在我旁邊，一張沒什麼血色的臉蛋，難看到比受刑後的我還難看。她緊緊咬著下唇，有點氣惱，更多的是無奈，她大概也不能理解為什麼要和我這樣的怪人扯上關係。

我吃力地坐起來，背靠在床邊喘氣，左手捏著右手的幾處關節。

「時間有限，我們幹麼要浪費在吵架爭執呢？」剛行凶完的桑亞淡淡地問。

「我不知道。」我快哭了，還是很痛。

「當初，我是認為，讓你養隻貓，就能藉由貓想起我……這很自私，我知道，對不起。」

她突然道歉，我自然不可能再糾結過去誰是誰非，反而心虛地也低頭道歉。

「當初，我的情緒控制也有問題，不是妳一個人的錯。」

「那夜，在校門口，睿杉對我說的話，讓我嚇了一大跳。從那之後，直到我設計好沖繩之旅要給你驚喜，都沒有再聯絡過他了。」

她是第一次提到和睿杉相遇的事，我有些意外。

「那夜，情況特殊，妳別在意。」

我放鬆下來，雙手平放在大腿兩邊。想起大一時，我告訴睿杉自己和桑亞交往的時候，他的表情就好像吃到壞掉的臭雞蛋，明明想吐，卻仍硬生生地嚥下去，還很誠懇地說，祝你們幸福。

從此，我就覺得睿杉是個正人君子，反倒是我的心眼越來越小。

桑亞歉然道：「分手的原因都是我引起的，所以是我自作自受。逼你去沖繩，也是我自私地想圓個夢。」

她越說是自己的錯，反而越讓我覺得心虛。更何況當初分手還是我提的，原因我或許能說出十條，甚至是一百條，但追根究柢，還是源自我的問題多些。

於是我不能再讓她內疚，獨自承擔這些。

更別說，過去我在逃避的時候，為了讓自己好受，還悄悄把責任都推給她。

我凝視她的雙眼，很愧疚地說出真相。

「分手的原因，不是妳、不是睿杉、不是貓、不是距離，而是我早就不相信我們能排除萬難在一起了。」

「……為什麼不信？」

「經過努力，絞盡腦汁，卻依然不能改變什麼的時候，就不信了。」

「怎麼可以隨便就放棄。」

「如果人們光靠相愛就能在一起，那這個世界就沒人會失戀了。」

「你這個傢伙……算、算了。」

桑亞大概已經受不了我陰暗的一面。不管她是要多陪我坐一會，或者是在這過一夜，終究，她還是會離開。同樣道理，不管我執行多少計畫，她還是會走，結局不可能扭轉。

「畢業典禮沒剩幾天……」桑亞依舊保持坐姿，沒有離去的打算，「我們能靜靜坐在一起多久就算賺到多久吧。」

「家裡那邊，在催了？」我關心問。

「嗯，要我趕快回家幫忙生意。也許你說得對，無論如何，我們都得分手，差距只是早幾個月或慢幾個月。」她的眼神是前所未有的黯淡。

「我說得對吧。」

「很對，既然如此，為什麼你又廢在宿舍好幾天出不了門？」

「……我、我只是剛好不想出門而已。」

「是因為你在乎我。」

「妳、妳別隨便替我決定……」

「答應我，明天開始恢復正常，要去學校。畢業典禮當天，我一定要見到你。」

「……」

「你再裝死，我等等就搬來這裡住。」

桑亞難得噘起嘴脣，試圖惡狠狠地恐嚇我。我當然知道她一向是刀子嘴豆腐心，嘴巴說得越狠，實際就越不會這樣做。不過我還是點點頭，算是給她一個承諾。

她緩緩靠上我的肩，但我知道自己廢在家就不洗澡，一定臭到不行，所以打算推開她的頭。結果一道銳利的眼神射來，告訴我「再亂動試試看」，害我真的不敢亂動。

刀子嘴豆腐心的另一層意義就是，她真的要下手，是絕對不會先講的。

不知道過了多久，她才滿意地站起來拍拍屁股，離開我的肩，也打算離開我的宿舍。

站在門前，我喊她的名字，她佇足，走回我的面前。

「為什麼我們要談一場註定分手的戀愛？」我在最後，很想問。

「百分之九十九的戀愛都是註定分手的，可是依然無數人在談。」她說。

「是啊，原因呢？」

「別人我不知道，反正我的原因很簡單，就是想留下些什麼……在我的二十歲、二十一歲、二十二歲……」

「原來如此。」我懂了，她說的比我想像中的還有道理。

「那再見了。」桑亞微笑著，伸出象徵告別的手。

我難過地搖頭。

她覺得我是在害羞，就直接握住我的右掌，開始上下搖晃。

「啊啊啊啊啊啊啊啊啊！」

我倒地，痛到眼淚直接噴出來。

醫生說我的右臂關節脫臼，能忍這麼久真不簡單。

桑亞大概對我道歉超過一千次，來宿舍照顧我超過一百次。

我當然知道她不是故意的，為了避免她自責，還刻意想忍到她走，才打算叫救護車。結果分別前的握手整個破功，根本咬斷牙根都忍不住。

或許我該感謝脫臼的右肩，平白無故在畢業之前的日子，享受一段過去的美好。桑亞每個早上來接我，一起去上為數不多的課，漫步在校園內，兩人去吃早餐、中餐、晚餐，然後開始期待著明天的早餐、中餐、晚餐，好像我們根本沒有分手，回到彼此照顧的生活模式。

不管未來會變得如何，我都無所謂了。當下的快樂就是一切，讓我無暇多想即將分別的畢業典禮終究會來。

——就是今天，我和桑亞大學畢業。

我們在大一時交往，在大四時分開，縱使我做了無數次的心理建設，還是沒辦法真心真意地高興起來，換上學士袍，去唱那首早就唱爛的驪歌。

出門前，我特地把那個解不開的繩結益智玩具擺在書桌中央。解不開就解不開吧，我不是放棄，而是學會人生中並不是每個問題都一定要有個答案。

肩膀的傷早就沒事了，我獨自一人走去學校。大門口擠滿學生和觀禮的親朋好友，人人臉上都掛著最真摯的笑容。現場彷彿不笑就不夠合群，連我這般假笑都顯得格格不入。

走到系上辦公室，遠遠就看到睿杉在和一群人拍照閒聊。小杉學長可是品學兼優、完美無瑕的同義詞，諸多的人圍住他，他來者不拒，人就越堆越多，像是開了一場小型的偶像見面會。

走到教室，我原本想要找桑亞，卻想起來她是學生代表之一，和我這種閒散人士不一樣，在畢業典禮上有專屬的工作要忙。

同學們說說笑笑地集結，紛紛換上學士袍，戴上方形的學士帽，魚貫進入大禮堂。我跟在隊伍的最後，找到一個最不起眼的位置坐下，等待整個儀式開始。

睿杉發現我，想過來聊幾句。不料臺上的司儀宣布典禮開始，他只好灰溜溜地回去觀禮區。

我們大學的畢業典禮也沒有標新立異之處，校長致詞洋洋灑灑，說了一大堆看似鼓勵但實則空洞的話；再來的貴賓致詞是找傑出校友和幾位政治人物，這段最難熬，又臭又長害我差點睡著，死撐住眼皮總算是等到撥穗和頒發畢業證書的階段，努力四年就是為了這張紙，當然要打起精神去領。最後進入最煽情的階段，觀賞過去的回憶剪影配上感人的音樂，大家一起唱畢業歌，有人開始哭泣，為即將到來的離別難過。

我無動於衷，直到畢業生代表致詞。桑亞難得化上淡妝，在她亭亭玉立地站在我伸手不可及的地方、拿著麥克風說話時，我才真正領悟到——我們要分開了，距離兩千多公里之遠。

只能偶爾靠畫質普通的視訊見面，她要投入家族的生意，我要開始上班工作。原本兩條近乎黏在一起的平行線終於分岔，會越離越遠，直到忘記大學四年的光陰，連彼此的樣貌都要靠老照片才能想起。

行完謝師禮，準備散場，大禮堂內真的開始亂起來，哭泣、吆喝、大笑、尖叫各種雜音亂哄哄。觀禮的親友也開始湧入，大家擠成一堆拍照，助教則是高喊著待會要到哪裡集合，一起出發去吃謝師宴。

我一個人，穿過所有凌亂。

走在約定好的位置，喔對，就是仁愛樓外的小徑，分手後第一次和桑亞面對面說話的地方。

沒讓我等太久，桑亞就來了。只是行色有些匆忙，燙直的髮絲也有點亂，看得出來她不知道推掉多少人的邀請，一路直奔到這條沒什麼人的小徑。

我和她又再次面對面，只不過情況和第一次迥然不同。

「學士服還了嗎？」她提醒。

「還了。」

「大合照有拍到嗎？」

「不喜歡擠在一團拍照。」

「那……我們兩個拍一張吧。」她不是在徵詢我的意見，直接拿出相機。

「這麼值得紀念的日子，就在這裡拍？」我看到桑亞已經站到我旁邊，連根自拍棒都沒有。

「對，這裡最好、最值得紀念，你別廢話，看鏡頭吧。」她高高舉起手機，要我蹲低一點點。

我們就這樣拍了張，雖然怪異，卻還是彌足珍貴的合照。

她和我都明白，下次要站在一塊拍照，不知道要多久、多久以後。

「走吧，我找到一間居酒屋，要搭捷運去。」我抓抓頭，沒有把握地說：「雖然沒親自吃過，但和大叔的……還是有差距。」

「沒關係，總要試試看才知道，說不定比大叔更好吃。」她收起手機，淺淺地笑著，「吃完要去唱KTV喔。」

「嗯，那出發吧，要搭七個站，有一點遠。」

「等等……」

「幹麼？東西忘記帶？」

「借我抱一會。」

桑亞向前兩步抱住我，我早說過，她想到就做，不是在請求同意的。

「這又不是沖繩，那二十件事就算失敗，現在補也沒用。」我輕撫她的髮絲。

「對我說『留下來，或我跟妳走』，快說，我就要聽這句……」

「別再隨意使用人家的電影對白了。」

桑亞沒理會我說的，把臉埋進我的胸膛。要是我不配合演出一次，似乎就不願意放開我。

「我只要你一句話，後果我自己會承擔。」她低聲道。

「妳想當沒簽證也沒身分證的黑戶嗎？」我用食指彈她的頭頂。

「哎唷！你敢偷襲本姑娘？」

「別鬧了，再不出發，等等下班時間，捷運站要爆啦。」

「好吧，饒你一命。」她依依不捨地推開我的胸膛，「反正也不是多好抱，誰稀罕啊。」

「那手也不牽嗎？」我晃了晃剛康復沒多久的右手。

「……」她顯然陷入苦惱。

「不牽也沒關係，時間要緊，快走吧。」我催促。

「拿來！」桑亞勾著我的尾指，勉為其難地說：「等等捷運站人多，要是我不牽好，你八成迷路，別給我惹麻煩。」

後來我想一想，她這愛逞強的個性也不知道是怎麼養成的。

一個雲南人居然想帶一個臺北人認捷運路線？

能和她一起走，即使迷路也無所謂了。

有人說，這個世界最公平的就是時間。

我倒覺得，最殘忍的也是時間。

該來的總是會來，無法逃避。

晚上八點的班機，還是有十幾個系上的同學來送行。連助教都帶著幾位教授囑咐的禮物，要在最後的時間，給出師長們的祝福。

陸生會讀書並不稀奇，但結交這麼多朋友就有些少見。更何況大一時的桑亞根本就是獨行俠，除我之外，連個說話的同學都沒。結果短短三年的時間，一切改觀。如果是我要出國留學，大概也不可能有這麼多人來送別。

我懷疑是不是桑亞平時愛送紀念品的攻勢奏效，因為她此刻收到的禮物和花束真的多到無手可拿。還好我把去沖繩時買的行李箱送給她裝，總算勉強能夠全數攜帶走。

桑亞怕哭，她早說過不喜歡辦喪事般的送別，於是系上的同學是在機場的整片玻璃門外跟她道別，大家有說有笑，很有默契的，沒人掉下眼淚。女同學可以得到她深深的擁抱，男同學可以得到她用力的握手，最後眾人揮揮手說了再見，只剩下我跟睿杉當挑夫，要替她搬運行李。

「還好，大件的物品前幾天就寄回家了，現在剩一個包、兩個行李箱，等降落我家的機場，一手拖著一個，勉強能行。」桑亞邊走邊對免費的搬家工人說話。

「依妳的力氣，我相信再來三個，也難不倒的。」我吐槽，拖著行李箱之一，還背著她的包。

「桑亞本來就不是弱不禁風的女生。」睿杉不知道是在吐槽還是真心稱讚，也拖著行李箱之一。

「你們的話好多。」桑亞哼了聲。

「再不說就沒機會啦，明天我也要回日本，我們相隔三地，要見面不容易。」

「我倒是有去查資料，現在可以申請來臺灣旅遊的簽證，雖然時間有限制，但也夠我們相聚見面。」她說得頭頭是道，還說打算用自由行的方式，更加方便行事，顯然有作過功課。

「那就更好了。」睿杉頓了頓，像是想起什麼，連忙說：「對了，明天小玲約我們吃飯，你也去吧。」

「……在臺北吃嗎？」我其實有點意外，小玲居然跟睿杉有聯絡。

「對，吃火鍋。」

「好啊。」

走在最前面的桑亞霍然止住腳步，緩緩轉過頭來，像是見到鬼般的哀怨。

「為什麼是明天？為什麼不早講？為什麼你這麼乾脆就說好？」

一連三個問題，讓我和睿杉措手不及，小玲約的時間與地點，我們怎麼知道為什麼？

三人面面相覷，沒人接得了下一句話。

天色已晚，距離辦理登機報到手續的時間沒剩下多久。

桑亞應該是知道自己的問題很奇怪，調整一下灰暗的表情，把兩束花交給睿杉。

「替我插在系辦，這飛機帶不上去。」

「好。」

氣氛好像又恢復正常，我們繼續走向報到櫃檯，把行李交給專門的人員，桑亞乖乖交付行李超重的費用，辦理好出境的步驟，再來就是等待登機的時間。距離她飛離臺灣的時刻，已經近到我渾身不對勁了。

「我去打幾通電話，日本的公司有事，等等入口大門等。」

睿杉非常刻意地留給我們兩個空間，反而讓我們有點尷尬。明明有很多話想講，卻又選不出一個話題重要到值得浪費這麼寶貴的時間，結果支支吾吾，我半個字都吐不出來。

「這四年……很謝謝你的照顧。」桑亞打破沉默。

「除了妳，也沒人願意讓我照顧啊。」我試圖說笑，但連自己都笑不出來。

「我不在，你記得要吃水果，不要熬夜睡過頭，免得剛開始上工就被老闆盯住。還有，要多交朋友，別老是遇到挫折便躲進房間，結果大學四年讀完，我認識的朋友還比你多得多，就因為你不愛參加活動，又不愛主動去找其他人，你總不能每次都找睿杉吧……對了，還有，阿姨那邊，你一定要替我鄭重地道謝，謝謝她每一次都熱情地招待我。」

「我知道，統統知道。」

「另外，如果時間允許還是要讀書，不考研究所沒關係，但精進自己……」

「好了，別再說了。」我直接打斷猶如老媽子的碎念。

「可是……我不說，就會有點想哭……咳咳。」桑亞咳了幾聲，算是壓抑泛酸的眼眶。

「我們靜靜地待在一起，什麼話都不說，也沒關係的。」

「你、那你……蹲低一點。」

面對她突如其來的奇怪指令，我看看周圍有沒有人在注意我們，確認此地很冷清之後，才彎曲膝蓋，呈半蹲的樣子。

桑亞勾起左側的髮絲，人稍稍前傾，撥開我的瀏海，垂下頭，輕輕吻上我的額頭。

我站了起來，其實有點失落。

她立刻抱住我，悄悄地說：「這樣子……沖繩必做的二十件事，除了保護你之外，統統完成了。」

「這算是慎重道別嗎？」

「嗯，再見了柏泓。」

桑亞拍拍我的背，離開我的懷抱，眼睛是紅的，顯然她在強忍，就為了我之前說好，分別誰都不准哭的承諾。

害我整個人，空蕩蕩的。

「我要、我要……去免稅商店買些禮物……所、所以先進去了……」

「去吧。」我盡全力將嘴角硬扯出一點弧度。

「再見。」她一隻手掩著嘴，取走掛在我左肩的背包，頭也不回地往出境證照檢查大廳的方向去。

我並沒有像電影裡的男主角，守著即將遠離的女主角背影，直到消失的那一秒。

和她一樣，我頭也不回地走向出口大門。

就怕反倒是我違背了承諾。

雖然很難過，但也不能否認，和妳交往，是我這輩子最幸運的事。

謝謝妳，桑亞，再見。

「這麼快？」

「又不是此生再也不相見，是要多久？」

睿杉大概是很意外，我雖然解釋，但真正的原因沒講。桑亞和我都知道，要是兩人在機場哭成一團，這畫面實在是太引人矚目，不如早點分開，各走各的路。

我和睿杉沿著機場的人行道走，一起去停車場取車。

途中我刻意抬頭，看向今夜的上弦月，慶幸無雲的天幕，完全沒有阻擋到月與星的光。這樣的天氣想必適合飛行，不會遇到太多顛簸，能一路順順利利地回到雲南。

「你想好了嗎？」睿杉提醒。

「什麼？」我一時沒聽懂。

「怎麼和桑亞見面啊。」

「工作之後，就會比較有錢，一年出國玩一次應該還行。」

「也可以約在第三地，比方說沖繩，她從雲南過去，你從臺北過去。」

「有，這個方法我也有想到，只不過他們家的生意似乎有問題，也許短時間沒有餘力出國旅遊，大概要等個兩、三年吧。」

「這麼遠的距離、這麼長的時間……唉，你們真的有把握維持嗎？我在日本分公司，也有很多臺灣人被派過來，聽過幾個經驗分享，因為遠距離戀愛很辛苦，大部分都是分手收場。」睿杉語重心長地說。

「我和桑亞早分手了，也就沒辦法分手第二次。」我故作輕鬆。

他大概也沒心情接受我的玩笑話，只是同情地看我一眼，然後深深地嘆息。

「我很慶幸自己在畢業之後就漸漸看開了，要不然一直喜歡著遠在兩千多公里之外的女生，很辛苦。」難得睿杉說出心裡話。

「你是被我擊敗的好嗎？不得不看開。」我捶他的肩。

他不痛不癢地說：「也是啦，不知道桑亞為什麼就看上你。」

「誰知道。」

「如果她家真的需要援助，你記得要幫忙，好歹也看在桑亞為你出了旅費的分上。」

「我散盡銀行戶頭，全身上下最值錢的東西都送她了，勉強算是盡到一份力，拿去賣掉的話，抵掉旅費應該沒問題。」我抬起頭，估算一下折舊後的價值。

「你給她什麼？」他好奇地問。

「其實也只是小東西罷了。」

「林柏泓！」

我和睿杉同時煞住雙腿。

在夜間的人行道，突如其來有人大喊我的姓名，林柏泓這三個字充斥在整個空曠的停車場，這般用力、這般聲嘶力竭地大喊。

「我、我先去車上等你……」睿杉應該是被嚇到，退後幾步先行告退。

回過頭，桑亞就站在我的面前，整個身體繃得好緊，嘴唇都在輕顫，眼睛睜得好大，一副不能接受、難以置信的激動模樣。連我也開始緊張起來，擔心她會趕不上飛機。

「妳不去登機，怎麼跑到這裡？」

「這是什麼！」

桑亞一邊質問我、一邊直挺挺地抬起右手，攤開手掌，五根修長的手指都在顫動。不對，應該是整條臂膀或是整個人都因為過度緊繃而發抖。

她的掌心平放著一個五乘五公分大的黑色絨盒。

「妳這麼快就發現了……」我摳摳自己的臉頰。

「別轉移話題！這、這個東西，是要幹什麼？」

「讓妳轉賣的，算是補貼旅費。」

「不對，這個盒子裡是什麼？到底是什麼？」

「妳還沒開過嗎？」

「我要聽你親口講。」

「戒指。」

當我一說出這兩個字，桑亞的眼淚就滾滾落下，攔也攔不住。她試圖用手抹了幾次，但完全沒有效果。

「做什麼用……這戒指做什麼用的？」

「抵旅費用的。」

「多久前買……買的？」

「我們分手前幾天。」

「所以你在騙人，幾個月前，你怎麼能預料到我會找你去沖繩……林柏泓，你老是要騙我……偶爾對我說真話，難道會死嗎！會嗎！」

「妳先冷靜下來。」我柔聲安撫。

「那你說真話，這個戒指到底要……要幹麼？」桑亞完全不能冷靜，說到激動處還會微微跺步。

「求婚。」

「……真、真的？」

她忽然鬆一大口氣，整個人都軟了下來，取而代之的，是深深的遺憾，模糊的眼睛內也都是遺憾。

「當時，我想到解決妳學生簽證到期的方法……就是嫁給我。」我苦澀地說：「很自以為是吧，一個還在讀書、連工作都沒有的人，就要妳託付終生，試圖利用妳的簽證問題，讓妳答應，很無恥對不對？」

「但是你又沒有……」

「因為我良心發現，沒有保證、沒有實績，憑幾句空話，就想娶妳實在是太……太異想天開了。」

「……」

「我知道不可能，我也知道這種行為很丟臉，原本是想說妳回到雲南的家才會看見，卻沒想到，還是得面對。」

「……」桑亞一直沒吭聲。

「妳就把戒指當成單純的餞別禮物，喜歡就戴，不喜歡就賣，不用想太多。」我就怕她連收下都不願意。

「……」

「如果真的厚著臉皮求婚，妳不答應就算了，要是讓妳為難，我會想一頭撞死。」

「……」

「妳怎麼都不說話？」

「給我跪下。」

「什、什麼？」

「給我跪下。」桑亞突然眼冒凶光，剛剛遺憾的模樣都是假的。她像是在心中做出什麼重大抉擇，堅定地走到我面前，壓下我的肩膀。

我大概是被她強大的氣勢震懾，還真的單膝跪地。

「明明有這麼棒的方式，為什麼不早講？」她把戒指盒退還到我的手中，「你就是想看我著急、難過、捨不得的模樣吧。」

「……」換我吭不出聲，太過驚訝。

「給我求婚，你欠我的。」她用不容質疑的口氣，趁我保持單膝跪地的姿勢，從左右捏開我的臉頰，用恨不得撕爛的力氣。

我冒著口水都快流下來的風險，拚命解釋：「結婚不是那麼簡單……喔，輕一點啦，那麼簡單的事，要是能隨隨便便就決定，我早就做了，妳得、妳得先考慮清楚，不要衝動，多想想……這影響深遠……會改變兩個人的人生。啊啊，好疼，尤其、尤其，嫁給我的風險太高……妳會後悔，我不要妳後悔……要、要裂開。」

「你到底是要求了沒？」桑亞好冷酷。

為了避免未來要做顱顏部整形重建手術，我口齒不清地妥協。

「請、請嫁我，請請……請嫁給我。」

「ＯＫ，沒問題。」

桑亞擦擦殘餘的淚漬，逕自打開盒子，拿出戒指套進自己的右手無名指。

突然發覺自己的人生似乎在上一秒被支配的我，還很茫然地揉搓臉頰。

「……就這樣？」

「對，就這樣。」

「可是我還沒有把握，一定能讓未來的我們幸福。」

「沒關係，你不能，還有我，誰規定幸福全都是男生的責任？」

她一改逞凶前的委屈，忽然像朵花綻開了無與倫比的笑容，輕輕撫摸著我的臉頰，摸著摸著眼角又有淚水滑落，一直處於又哭又笑的奇妙狀態。

這夜，桑亞還是勉強趕上自己回家的班機，不過這回的分別，再也沒有任何的負面情緒，我與她約定，並且期待下一次見面。

至於睿杉仍目瞪口呆，不敢相信我在剛剛訂了婚。劇情轉折太過離奇，他不斷問我到底是真是假，並且困惑有解決桑亞身分問題的方式為什麼不早講。

我老實說，這方法早就有了，只是我沒勇氣執行。

一個改變一輩子的決定，我不敢輕易開口。

如果是單純為了身分證的假結婚，撇掉法律問題，我反而沒有心理負擔；不過一旦是面對桑亞，我沒有把握讓她幸福，就不能隨隨便便地求婚。

結果一拖再拖，直到分手，的確是我始料未及，讓那枚戒指靜靜待在宿舍的角落，直到今天才重見光明。

睿杉依然堅持把每個細節都問得清清楚楚。

對他，我沒有隱瞞。我和桑亞說好，一年後要見面，地點可能是她家、可能是我家，並不確定。但唯一篤定的是，我們要趁這三百六十五天不見彼此的日子，好好地努力。

她要盡全力解決家族生意的問題，我要奮發向上……嗯，就只是奮發向上。

桑亞應該是又怕我廢在家裡，所以才給我一個看似很高但實際很低又相當虛無的目標。

不過，和她認識到交往到分手的四年來，我的確變得更勇敢。

勇敢到，參加疑似詐騙集團舉辦的沖繩七天六夜之旅。

勇敢到，和前女友一起去單身旅行。

勇敢到，娶她。

被逼婚後的第一個念頭，該不會真的是詐騙集團吧？

求完婚後的第一個念頭，就算是詐騙集團也沒關係……

後記

很多人問，為什麼好好的筆名不用，還刻意換一個新的。

其實沒有什麼特殊原因，我只是覺得用不同筆名說不同的故事，比較不會受到過度的期待，書寫起來比較自由罷了。用簡單的話來說，就是換筆名寫起來比較舒暢，沒什麼厲害的理由。

關於這個故事，最一開始是打算寫成電影劇本，但沒有什麼進展，就只好以大綱的模樣靜靜躺在我的電腦硬碟裡。直到有一天，我覺得即使寫不成劇本，那寫成小說也不錯啊，於是，我開始動筆。

為一個只有骨幹的故事添上血與肉甚至靈魂，是一件很困難的事，尤其我天生不愛依大綱辦事，想到哪就寫到哪，所以反而被當初過度仔細的大綱給困住，好像不照

著寫不行似的。

我的大綱分兩種，一種是給其他人看的、一種是給自己看的，給自己看的大綱，連標點符號都沒有，只有幾個關鍵字、幾句一定會用上的臺詞、兩到三個想傳達的關鍵。上述說的，隨時可用，也隨時可棄，非常無拘無束。

但是為了電影劇本而寫的大綱，當然一定是給其他人看的，所以我寫得超清楚，就深怕旁人無法理解內容的趣味所在，把每個事件、每個角色、每個時序都編排得整整齊齊。然而，還是無法傳達我真正想說的。

結果，在我時隔許久，再度要動筆寫小說時，卻被這個大綱給牽著走，短短八萬字的小說，我寫得特別慢，用掉比起過去多更多的時間。直到我想通了，大綱終究是大綱，只是參考用的，連骨幹都捨去也沒關係，留下一個輪廓就夠。

恢復我想到哪就寫到哪的方式後，創作起來果然順利很多，我大概就只有開頭和收尾是與原先大綱相似，其餘中間八成的內容都是我重新構想的，包括小玲、她弟弟、旅遊的過程、角色心態的成長轉變都是。

雖然我不能確定，現在的我是不是勝過一年前的我，可是最後成為小說的每個字，一定都是我當下認定最好的。

至於來臺灣讀書的陸生，一直是我心中很感興趣的題材，以後有機會說不定還會再寫。

林明亞

分手後，一起旅行好嗎

作　　者／林明亞
繪　　者／Ooi Choon Liang
發 行 人／黃鎮隆
副總經理／陳君平
總 編 輯／洪琇菁
執行編輯／楊國治
美術監製／沙雲佩
美術編輯／方品舒
國際版權／黃令歡
企劃宣傳／邱小祐、劉宜蓉
內文排版／謝青秀

國家圖書館出版品預行編目資料

分手後，一起旅行好嗎？/ 林明亞作. -- 1版. --
臺北市：尖端，2016. 03
冊；　公分

ISBN 978-957-10-6451-2（平裝）

857.7　　105000360

出版／城邦文化事業股份有限公司　尖端出版
台北市 104 中山區民生東路二段 141 號 10 樓
電話：（02）2500-7600　傳真：（02）2500-2683
讀者服務信箱：7novels@mail2.spp.com.tw
發行／英屬蓋曼群島商家庭傳媒股份有限公司城邦分公司　尖端出版
台北市 104 中山區民生東路二段 141 號 10 樓
電話：（02）2500-7600　傳真：（02）2500-1979
劃撥專線：（03）312-4212
戶名：英屬蓋曼群島商家庭傳媒（股）公司城邦分公司
劃撥帳號：50003021
※ 劃撥金額未滿 500 元，請加付掛號郵資 50 元
法律顧問／王子文律師　元禾法律事務所　台北市羅斯福路三段 37 號 15 樓

台灣地區總經銷／中彰投以北（含宜花東）　楨彥有限公司
電話：（02）8919-3369　　傳真：（02）8914-5524
雲嘉以南　威信圖書有限公司
（嘉義公司）電話：0800-028-028　　傳真：（05）233-3863
（高雄公司）電話：0800-028-028　　傳真：（07）373-0087
馬新地區總經銷／城邦（馬新）出版集團 Cite（M）Sdn Bhd
電話：603-9057-8822　　傳真：603-9057-6622
E-mail：cite@cite.com.my
香港地區總經銷／城邦（香港）出版集團 Cite（H.K.）Publishing Group Limited
電話：852-2508-6231　　傳真：852-2578-9337
E-mail：hkcite@biznetvigator.com

版　次／ 2016 年 3 月 1 版 1 刷　Printed in Taiwan
2018 年 10 月 1 版 5 刷

版權聲明
本書名為《分手後，一起旅行好嗎》，作者：林明亞，由林明亞授權台灣尖端出版社獨家出版發行。

版權所有 · 侵權必究
本書若有破損或缺頁，請寄回本公司更換